JEUNESSE

L. FRANK BAUM

Enfant, L. Frank Baum lisait avec ravissement tous les contes d'Andersen ou des frères Grimm qu'il pouvait acheter ou emprunter. Très tôt lui vint l'ambition d'écrire lui-même des histoires, à la fois semblables et différentes : avec un merveilleux moderne, dans un cadre américain. *The Wizard of Oz* parut à Chicago en 1900. L'ouvrage fut suivi de plusieurs autres, mais seul le premier est devenu un classique, traduit en plus de vingt langues, et qui a donné lieu, dès le début, à d'innombrables adaptations dramatiques et cinématographiques. Tout le monde se souvient des merveilleuses Dorothée que furent Judy Garland (1939) et Diana Ross (1976).

LE MAGICIEN D'OZ

Avant-propos

Depuis toujours, le enfants s'intéressent au folklore, aux légendes, aux mythes et aux contes de fées, car chacun d'entre eux a un goût instinctif et sûr pour les histoires fantastiques, merveilleuses et manifestement irréelles. Les fées ailées de Grimm et d'Andersen ont apporté plus de bonheur aux cœurs d'enfants que toutes les autres créations humaines.

Cependant, les vieux contes de fées qui ont enchanté des générations entières sont désormais classés au rayon «histoire» dans les librairies. Le temps est venu d'écrire de nouvelles «histoires merveilleuses» d'où les figures stéréotypées des génies, des nains et des fées seront bannies, de même que tous les épisodes sanglants servant le propos moral de ces contes traditionnels. L'éducation d'aujourd'hui suffit à l'élévation morale des enfants, et les jeunes lecteurs ne cherchent plus que leur plaisir dans ces contes modernes, se souciant peu d'y trouver des péripéties effrayantes.

C'est dans cet esprit que j'ai écrit l'histoire du Magicien d'Oz, pour satisfaire les enfants d'aujourd'hui. Ce livre aspire à renouveler le genre du conte, avec son cortège de joies et de merveilles, mais en laissant de côté les visions d'angoisse et de cauchemar.

L. Frank Baum.
Chicago, avril 1900

1

Le cyclone

Dorothée habitait dans une ferme au milieu des grandes prairies du Kansas, avec son oncle Henry et sa tante Em. Leur maison n'était pas très grande car on avait dû, pour la construire, acheminer du bois par chariots depuis l'autre bout du pays.

Il n'y avait donc que quatre murs surmontés d'un toit, formant une seule grande pièce avec pour tout mobilier une cuisinière rouillée, un buffet, une table, trois ou quatre chaises et les lits. Oncle Henry et Tante Em dormaient dans le grand lit et Dorothée dans son petit lit, à l'autre bout de la pièce. Pas de grenier, et pas de cave non plus, si ce n'est une sorte de trou creusé à même le sol, qu'on appelait l'« abri aux cyclones ».

C'était là que la famille se réfugiait lorsqu'une grande tempête se levait, un de ces tourbillons de vent assez puissants pour tout démolir sur leur passage. On accédait à l'abri par une trappe de bois située au milieu de la pièce, et sous la trappe une échelle menait jusque dans le réduit sombre.

Parfois, Dorothée sortait sur le pas de la porte et regardait le paysage. En toutes directions, à perte de vue, s'étendait la grande prairie monotone. Pas un arbre, pas une habitation ne venait rompre cette étendue immense et plate qui s'en allait rejoindre le cercle de l'horizon. La terre labourée, cuite par le soleil, n'était plus qu'une grande masse grise parsemée de petites craquelures. Même la prairie n'était pas verte : les moindres brins d'herbe, brûlés par le soleil, avaient fini par prendre cette teinte grise qui dominait le paysage. Quant à la maison, autrefois badigeonnée de couleurs vives, le soleil en avait écaillé la peinture et toutes ses couleurs avaient été emportées par les pluies d'automne, si bien qu'elle se fondait désormais dans la triste grisaille du paysage.

À l'époque où Tante Em s'était installée là, elle était encore jeune et jolie. Mais elle avait subi, elle aussi, le soleil et le vent. Ses yeux avaient perdu leur éclat, ils étaient devenus gris et pensifs ; ses pommettes vermeilles, sa bouche rose avaient peu à peu perdu leurs belles couleurs. Elle était mince et sèche, elle ne souriait plus jamais.

Lorsqu'elle avait recueilli Dorothée devenue orpheline, Tante Em avait depuis longtemps perdu l'habitude d'entendre rire un enfant. Et, chaque fois que le rire cristallin de la petite fille s'élevait dans le silence de la prairie, la vieille dame s'effrayait, poussait un petit cri et pressait les mains contre sa poitrine. Maintenant encore, elle regardait sa nièce avec effarement dès que celle-ci éclatait de rire.

Oncle Henry ne riait jamais, lui non plus. Du matin au soir, il devait accomplir son dur labeur. Il ne connaissait pas la joie. Et lui aussi, depuis sa longue barbe jusqu'au bout de ses bottes poussiéreuses, était tout gris, sévère et solennel, toujours silencieux.

C'était avec Toto que Dorothée riait et s'amusait. Grâce à Toto, elle avait échappé à tout ce gris qui menaçait de l'engloutir. Toto était un petit chien noir avec de longs poils soyeux et un drôle de museau minuscule au-dessus duquel pétillaient ses yeux sombres et malicieux. Toto passait toutes ses journées à jouer, et Dorothée, qui l'aimait de tout son cœur, jouait avec lui.

Ce jour-là, pourtant, personne n'avait envie de s'amuser. Oncle Henry, assis sur le pas de la porte, considérait le ciel avec anxiété. Des nuages plus gris que d'ordinaire s'amoncelaient à l'horizon. Derrière Oncle Henry, Dorothée, portant Toto dans ses bras, regardait aussi, pendant que Tante Em faisait la vaisselle.

Quelque part au Nord, dans le lointain, le vent se mit à gémir sourdement. Les herbes hautes s'inclinèrent et se gonflèrent comme des vagues, annonçant la tempête. Soudain, vers le Sud, Dorothée et son oncle entendirent comme un sifflement. Ils se retournèrent et virent que dans cette direction-là, aussi, la prairie ondulait sous le vent.

Oncle Henry se leva d'un bond.

« Em, je crois bien qu'un cyclone arrive droit sur nous ! s'écria-t-il. Je vais m'occuper du bétail. »

Et il courut vers l'étable où il abritait ses vaches et ses chevaux.

Tante Em abandonna sa vaisselle pour venir sur le pas de la porte. En un coup d'œil, elle comprit l'étendue du danger.

«Vite, Dorothée! cria-t-elle. Descends à la cave.»

Toto, affolé, sauta des bras de la petite fille pour se réfugier sous le lit. Dorothée se précipita pour aller le chercher pendant que Tante Em, tremblant de peur, ouvrait la trappe et se glissait le long de l'échelle dans le trou sombre. Dorothée réussit enfin à attraper Toto. Elle fit quelques pas pour suivre sa tante, mais, alors qu'elle allait atteindre la trappe, le vent s'abattit sur la maison en hurlant, secouant les murs avec une telle violence que la petite fille perdit l'équilibre et tomba assise sur le sol.

C'est alors qu'un événement étrange se produisit.

La maison tourna deux ou trois fois sur elle-même et s'éleva lentement dans les airs... Dorothée éprouva l'étrange impression de faire une ascension en montgolfière.

Les vents du Nord et du Sud s'étaient rencontrés juste au-dessus de la ferme, qui se trouvait désormais au centre exact du cyclone. Dans l'œil d'un cyclone, l'air est généralement immobile, mais le vent exerçait une si forte pression de part et d'autre de la maison que celle-ci décolla, de plus en plus haut, jusqu'à se retrouver au sommet de la tornade. Une fois arrivée là, elle n'en bougea plus et le cyclone l'emporta sur des kilomètres, aussi aisément qu'une plume sur la brise.

Il faisait affreusement sombre et le vent poussait des hurlements sinistres, mais Dorothée comprit que le danger était passé. La maison flottait doucement. Après une ou deux secousses, elle prit sa vitesse de croisière et la petite fille se laissa aller à ce doux balancement comme un bébé dans son berceau.

Toto demeurait inquiet. Il faisait les cent pas dans la maison, avec des aboiements sourds, pendant que Dorothée, assise par terre, attendait de voir ce qui allait se passer.

Au cours de ses allées et venues, Toto s'approcha trop près de la trappe et tomba. La petite fille crut un instant qu'il était perdu, mais elle se rassura en voyant une de ses oreilles pointer hors du trou. La pression de l'air était si forte que le petit chien se trouvait maintenu comme sur un coussin. Alors Dorothée s'avança à quatre pattes vers la trappe, saisit Toto par son oreille et le hissa vers elle.

Puis elle referma la trappe pour éviter qu'un tel accident ne se reproduise.

Les heures s'écoulaient et, peu à peu, la petite fille se remit de sa peur. Mais elle se sentait très seule, et le vent hurlait si fort autour d'elle qu'elle faillit devenir sourde. Elle avait d'abord craint d'être écrasée si la maison retombait par terre, mais le temps passait et rien de tel ne se produisait. Elle cessa donc de s'inquiéter et résolut d'attendre calmement le résultat de cette étrange aventure. Enfin elle s'avança sur le sol incertain jusqu'à son lit et s'y étendit. Toto, qui l'avait suivie, vint se blottir auprès d'elle.

Alors, malgré les secousses et les hurlements du vent, la petite fille ferma les yeux et s'endormit.

2

Au pays des Munchkins

Dorothée fut tirée de son sommeil par un choc violent et inattendu, heureusement amorti par le matelas de son lit. Elle n'avait rien de cassé, mais la secousse lui coupa le souffle. Toto enfouit son petit museau dans le cou de sa maîtresse avec un gémissement pitoyable. Que s'était-il passé ?

La petite fille s'assit sur son lit et constata que la maison ne bougeait plus. Par le carreau de la fenêtre, un soleil resplendissant illumi- nait la chambre. Elle sauta sur ses pieds et, suivie de Toto, courut ouvrir la porte.

Le spectacle qui s'offrait à elle lui arracha un cri émerveillé. Les yeux arrondis par la surprise, elle contemplait sans se lasser le superbe paysage au milieu duquel le cyclone avait déposé sa maison. Tout autour d'elle s'étendaient des pelouses charmantes et des vergers aux arbres chargés de fruits mûrs. De chaque côté du chemin, des massifs de fleurs déployaient leurs corolles, et des oiseaux rares au plumage chamarré voletaient en chantant parmi les fleurs et les branches des arbres. À quelque distance de là, un ruisseau argenté coulait entre deux rives verdoyantes.

Le murmure de ses eaux claires sonnait, aux oreilles de Dorothée, comme une musique délicieuse après le silence de la grande prairie grise.

Tout en se délectant de ce spectacle si charmant et si nouveau, la petite fille aperçut un groupe de gens qui venaient au-devant d'elle. Et il faut dire que c'étaient les créatures les plus bizarres qu'elle eût jamais vues... Quoique de petite taille, nettement plus petits que les adultes qu'elle côtoyait d'ordinaire, ce n'étaient pas des nains. En fait, ils avaient à peu près la même taille que Dorothée, qui était grande pour son âge, mais ils avaient l'air bien plus vieux qu'elle.

Le groupe se composait de trois hommes et

d'une seule femme, tous vêtus de la plus étrange façon. Ils portaient des chapeaux pointus de trente centimètres de haut, avec des bords ronds autour desquels tintinnabulaient de minuscules clochettes. Les hommes avaient des chapeaux bleus ; celui de la petite bonne femme était tout blanc et elle arborait une robe blanche, semée d'étoiles minuscules et brillantes comme des diamants, qui tombait en plis souples depuis ses épaules.

Les hommes étaient tous vêtus de bleu et chaussés de bottes bien cirées terminées par un large revers du même bleu. Ils devaient avoir le même âge qu'Oncle Henry, car Dorothée remarqua que deux d'entre eux portaient la barbe. Mais la petite bonne femme était beaucoup plus vieille, comme l'indiquaient son visage sillonné de rides, ses cheveux blancs et son maintien guindé.

Le groupe s'arrêta à quelques pas de la maison de Dorothée. Comme s'ils avaient peur d'aller plus avant, les petits personnages se mirent à délibérer à voix basse. Puis la bonne femme s'avança vers Dorothée, lui fit une profonde révérence et déclara d'une voix douce :

« Bienvenue au pays des Munchkins, très

noble Sorcière. Nous voulons te témoigner notre reconnaissance, car tu as tué la Vilaine Sorcière de l'Est et libéré notre peuple de son injuste domination. »

Les yeux ronds, Dorothée tentait de comprendre ce que ce discours signifiait. Pourquoi cette femme l'appelait-elle « noble Sorcière » ? Comment avait-elle pu tuer la Vilaine Sorcière de l'Est ? C'était le cyclone qui l'avait amenée là, elle n'avait jamais tué personne de sa vie.

Comme la petite vieille attendait une réponse, Dorothée se lança, hésitante.

« Vous êtes bien bonne, madame, mais vous devez faire erreur. Je n'ai tué personne.

— Si ce n'est vous, c'est votre maison volante ! repartit la petite vieille dans un éclat de rire. C'est donc bien grâce à vous qu'elle est morte. Regardez plutôt. Là, au coin, voyez-vous ces deux pieds ? »

Dorothée tourna les yeux dans la direction indiquée et réprima un cri de terreur. En effet, à l'angle de la maison, sous une grosse poutre de soutènement, deux pieds émergeaient, chaussés de souliers d'argent qui étincelaient dans le soleil.

« Mon Dieu, mais c'est affreux ! s'exclama la petite fille en se tordant les mains. La maison lui est tombée dessus... Que pouvons-nous faire ?

— Mais... rien du tout, répondit calmement la petite vieille.

— Qui est-ce que j'ai tué ?

— La Vilaine Sorcière de l'Est, vous dis-je. Depuis des années, elle asservissait le peuple des Munchkins, les forçant à travailler nuit et jour. Ils sont libres, désormais, et ils entendent vous témoigner leur gratitude.

— Et qui sont les Munchkins ? demanda Dorothée.

— Ce sont les habitants de ce pays, la Contrée de l'Est, naguère dirigée par la Vilaine Sorcière.

— Et vous, êtes-vous une Munchkin ?

— Non, non. Je suis leur amie, mais j'habite la Contrée du Nord. Lorsque les Munchkins ont constaté la mort de la Vilaine Sorcière, ils ont dépêché un messager jusque chez moi et je suis venue aussitôt. Je suis la Sorcière du Nord.

— Saperlipopette ! s'écria Dorothée. Vous êtes donc une véritable sorcière !

— Oui, certes. Mais je suis une bonne sorcière, et mon peuple m'aime beaucoup. Hélas ! Je suis moins puissante que la Vilaine

Sorcière de l'Est, sans quoi j'aurais libéré les Munchkins depuis longtemps. »

Dorothée n'était pas tout à fait tranquille à l'idée qu'elle parlait avec une véritable sorcière.

« Je... Je croyais que toutes les sorcières étaient méchantes, dit-elle d'un ton hésitant.

— Voilà une grande erreur, répliqua la Sorcière du Nord. Voyez-vous, jusqu'à aujourd'hui, il y avait quatre sorcières au Pays d'Oz. Deux de ces sorcières, celle du Nord et celle du Sud, sont de bonnes sorcières. Je sais de quoi je parle, n'est-ce pas, puisque je suis l'une des deux. En revanche, à l'Est et à l'Ouest, il y avait deux méchantes sorcières. Maintenant que vous avez tué la Vilaine Sorcière de l'Est, il ne reste plus qu'une Vilaine Sorcière dans tout le Pays d'Oz, et c'est celle qui habite la Contrée de l'Ouest. »

Dorothée réfléchit profondément.

« Mais enfin, dit-elle après un long silence, ma Tante Em m'a dit que toutes les sorcières étaient mortes depuis des années...

— Qui est cette Tante Em ? demanda la petite vieille.

— C'est ma tante, elle habite au Kansas, qui est le pays d'où je viens. »

Ce fut au tour de la Sorcière du Nord de réfléchir profondément. Pour ce faire, elle inclina la tête et garda un moment les yeux fixés sur le sol. Enfin elle releva la tête et dit :

« Je ne sais pas où se trouve la Contrée du Kansas et je n'en ai même jamais entendu parler. Dites-moi, est-ce un pays civilisé ?

— Oh, que oui !

— Voilà donc l'explication de notre mystère. Dans les pays civilisés, il ne reste plus la moindre sorcière, ni même d'enchanteurs, de fées ou de magiciens. C'est du moins ce que je me suis laissé dire. Mais le Pays d'Oz, voyez-vous, n'est nullement civilisé, car nous sommes coupés du reste du monde. C'est pourquoi il y a encore des sorcières et des magiciens parmi nous.

— Des magiciens ? Et qui sont-ils ? demanda Dorothée.

— Le plus puissant d'entre eux n'est autre que le Grand Oz en personne, répondit la Sorcière du Nord dans un murmure. Oz, qui a donné son nom à ce pays, possède des pouvoirs qui nous dépassent tous. Il habite la Cité d'Émeraude. »

Dorothée s'apprêtait à poser d'autres questions, mais les Munchkins, qui s'étaient tenus tranquilles jusque-là, commencèrent à pousser des cris perçants en désignant l'angle de la maison sous lequel la Vilaine Sorcière gisait écrasée.

« Que se passe-t-il ? » demanda la petite vieille.

Elle jeta un coup d'œil dans la direction indiquée et éclata de rire. Les pieds de la sorcière avaient disparu. Il ne restait que ses souliers d'argent.

« Elle était bien vieille, expliqua la Sorcière du Nord. Le soleil l'a complètement ratatinée et elle est tombée en poussière. Voilà tout ce qui reste d'elle. Mais, ajouta-t-elle en se tournant vers Dorothée, les souliers d'argent vous reviennent de droit. Tenez, ils sont pour vous. »

Sur ces mots, elle ramassa les chaussures, les épousseta et les tendit à la petite fille.

« La Sorcière de l'Est y tenait comme à la prunelle de ses yeux, expliqua-t-elle. Ces souliers sont probablement enchantés, mais personne ne sait exactement quel est leur pouvoir. »

Dorothée prit les souliers et les porta dans

la maison. Après les avoir déposés sur la table, elle revint vers les Munchkins et déclara :

« J'aimerais retourner chez mon oncle et ma tante. Je suis sûre qu'ils se font beaucoup de souci pour moi. Pourriez-vous m'aider à retrouver mon chemin ? »

Les Munchkins et la Sorcière échangèrent des regards entendus puis, se tournant vers Dorothée, secouèrent la tête.

« À l'Est, tout près d'ici, dit le premier Munchkin, s'étend un immense désert. Personne n'a jamais pu le traverser sans mourir de soif.

— Et c'est la même chose au Sud, intervint le second. Moi qui ai voyagé, je peux vous l'assurer. Au Sud se trouve le pays des Quadlings.

— On m'a affirmé, poursuivit le troisième, que c'est la même chose à l'Ouest. La Contrée de l'Ouest, où vivent les Winkies, est sous la domination d'une Vilaine Sorcière qui ne manquerait pas de vous réduire en esclavage si vous passiez à sa portée.

— La Contrée du Nord, où se trouve mon royaume, dit la petite vieille, est bordée par ce même désert aride dont on vous a parlé. Je crains bien, ma chère, que vous ne deviez vous résoudre à vivre parmi nous. »

À cette idée, Dorothée se mit à sangloter. Elle se sentait perdue parmi ces créatures bizarres. Ses larmes désolèrent les doux Munchkins : sortant leurs mouchoirs, ils se mirent à sangloter de concert. Quant à la petite vieille, elle enleva son chapeau et se chatouilla le nez avec la pointe tout en marmonnant : « Un, deux, trois » d'un ton solennel. En un clin d'œil, le chapeau se métamorphosa en une grande ardoise sur laquelle on pouvait lire à la craie :

DOROTHÉE DOIT SE RENDRE À LA CITÉ D'ÉMERAUDE

La petite vieille éloigna l'ardoise de son nez, lut l'inscription et demanda :

« Est-ce que vous vous appelez Dorothée, ma chère ?

— Oui, répondit la petite fille en séchant ses larmes.

— Alors il est écrit que vous devez vous rendre à la Cité d'Émeraude. Peut-être Oz vous aidera-t-il.

— Et où se trouve cette Cité ?

— Au centre exact de ce pays. C'est notre capitale, sur laquelle règne le Grand Oz. Vous vous souvenez, n'est-ce pas? Oz, le Magicien dont je vous ai parlé.

— J'espère qu'il ne me fera pas de mal. Est-ce un brave homme? s'enquit la petite fille avec anxiété.

— Oz est un grand Magicien. Quant à savoir si c'est un homme ou non, je suis incapable de vous le dire, car je ne l'ai jamais vu.

— Et comment puis-je me rendre à la Cité d'Émeraude?

— À pied. Le voyage est long. Vous traverserez des étendues riantes et d'autres sinistres, sombres et effrayantes. Mais je mettrai à contribution tous mes pouvoirs magiques pour assurer votre sécurité.

— Vous ne voulez pas venir avec moi? » supplia la petite fille.

Après tout, la Sorcière du Nord était la seule amie qu'elle ait rencontrée dans ce pays étranger.

La petite vieille secoua la tête, attendrie.

« Cela m'est impossible, petite Dorothée, mais je vous donnerai un baiser. Personne n'osera faire de mal à quelqu'un que j'aurai embrassé. »

Elle s'approcha de la petite fille et lui posa un baiser sur le front. Ses lèvres laissèrent sur la peau une trace ronde et brillante, comme Dorothée, croisant son reflet dans l'eau d'une source, ne tarda pas à s'en apercevoir.

« La route qui mène à la Cité d'Émeraude est pavée de briques jaunes, reprit la Sorcière. Vous ne pourrez pas la manquer. Lorsque vous rencontrerez Oz, n'ayez pas peur. Racontez-lui votre histoire et demandez-lui son aide. Allons, chère petite, l'heure est venue de nous séparer. Bonne route. »

Les trois Munchkins firent une profonde révérence à la petite fille et lui souhaitèrent bon voyage, puis ils s'éloignèrent entre les arbres. La Sorcière adressa un dernier signe de tête à son amie, tourna trois fois sur elle-même et disparut, à la grande surprise de Toto qui s'empressa d'aboyer de toutes ses forces. En sa présence il n'avait pas osé l'approcher ni même gronder, mais il profita de ce que tout danger était écarté pour se déchaîner.

Quant à Dorothée, qui commençait à s'habituer aux sorcières, elle n'avait pas été étonnée de la voir disparaître ainsi.

3

L'Épouvantail

Demeurée seule, Dorothée se rendit compte qu'elle mourait de faim. Elle rentra dans la maison, ouvrit le buffet et se confectionna une tartine de pain beurré qu'elle partagea avec Toto. Puis elle prit un seau sur l'étagère et descendit à la rivière pour le remplir d'eau fraîche et cristalline. Toto fit une échappée vers le verger et se mit à aboyer contre les oiseaux perchés dans les arbres. Dorothée, en allant le chercher, trouva les fruits si beaux qu'elle en cueillit quelques-uns pour compléter son déjeuner.

De retour dans la maison, elle se servit, ainsi qu'à Toto, une bonne rasade d'eau fraîche et pure, puis elle entama les préparatifs de son voyage. Elle n'avait qu'une seule robe, mais cette robe était toute propre et bien repassée, pendue à un cintre derrière son lit. C'était une robe de guingan à carreaux bleus et blancs, un peu délavée mais encore très jolie.

La petite fille fit sa toilette, enfila sa robe et se coiffa d'un bonnet rose pour se protéger du soleil. Dans un panier, elle déposa le reste du pain qu'elle avait trouvé dans l'armoire et le recouvrit d'un linge blanc. Enfin, elle jeta un coup d'œil à ses pieds et fut désolée de trouver ses chaussures si usées.

« Elles ne tiendront jamais jusqu'à la Cité d'Émeraude, dit-elle. Qu'en penses-tu, Toto ? »

Le petit chien la regarda de ses yeux intelligents et remua la queue pour lui signifier qu'il avait compris. Mais au même moment, Dorothée avisa, posés sur la table, les souliers d'argent de la Vilaine Sorcière de l'Est.

« Regarde, Toto. Je me demande si ces chaussures m'iraient... Celles-là, au moins, elles ne risquent pas de s'user pendant le voyage. »

Et, joignant le geste à la parole, elle enleva ses vieilles chaussures. Les souliers d'argent lui allaient à la perfection, comme s'ils avaient été faits sur mesure.

« En route ! déclara-t-elle en ramassant le panier. Nous voilà partis pour la Cité d'Émeraude. »

Elle ferma soigneusement la porte et mit la clé dans la poche de sa robe. Parmi les dizaines de chemins qui serpentaient entre les prés, un seul resplendissait comme un soleil : c'était la route pavée de briques jaunes.

Dorothée s'y engagea, suivie de Toto, et bientôt ses talons d'argent résonnèrent gaiement sur le pavé. Le soleil brillait, les oiseaux chantaient de douces mélodies et Dorothée se sentait d'humeur légère, aussi légère que possible pour une petite fille transportée par surprise dans le plus étrange des pays.

Chemin faisant, elle découvrait avec émerveillement la beauté du paysage qui l'environnait. Des deux côtés de la route couraient des clôtures pimpantes badigeonnées de bleu, derrière lesquelles s'étendaient des champs luxuriants et des jardins potagers. À l'évidence, les Munchkins étaient des fermiers avertis.

De temps en temps, Dorothée passait

devant une petite maison. Alors les habitants sortaient sur le pas de la porte et la saluaient par de profondes révérences; la nouvelle s'était répandue qu'elle avait mis fin à la tyrannie de la Vilaine Sorcière de l'Est. Les habitations des Munchkins étaient toutes construites sur le même modèle un peu bizarre: bien rondes, avec un toit en forme de dôme. Et toutes étaient peintes en bleu, la couleur préférée des citoyens de la Contrée de l'Est.

Vers le soir, fatiguée par sa longue marche, Dorothée se demanda où elle allait passer la nuit. Ce fut alors qu'elle arriva en vue d'une maison plus grande que les autres. Sur la pelouse verte qui s'étendait devant la porte, un groupe de Munchkins dansait à perdre haleine. Un orchestre de cinq petits violonistes s'évertuait à jouer le plus fort possible, tout le monde chantait et riait en chœur. Aux quatre coins de la pelouse, on avait dressé des tables chargées de fruits, de noix, de tartes, de gâteaux et de toutes sortes de bonnes choses.

Les convives accueillirent chaleureusement la petite fille, l'invitèrent à se joindre à eux et lui proposèrent de passer la nuit là. C'était la maison du Munchkin le plus riche du pays ; ce puissant personnage avait invité tous ses amis à célébrer la disparition de la Vilaine Sorcière.

Dorothée dîna de bon cœur et fut présentée au maître des lieux, le riche Munchkin, qui s'appelait Boq. Puis elle s'installa sur un sofa et regarda danser les invités.

Boq, remarquant les souliers d'argent, lui dit :

« Vous devez être une grande Sorcière.

— Et pourquoi ? demanda Dorothée.

— Parce que vous portez ces souliers d'argent et que vous avez tué la Vilaine Sorcière. En outre, votre costume a des carreaux blancs. Il n'y a que les sorcières qui portent du blanc.

— J'ai aussi des carreaux bleus sur ma robe, fit remarquer la petite fille.

— En effet, et nous en sommes très touchés, car le bleu est la couleur des Munchkins. Ainsi, nous savons que vous êtes à la fois une grande Sorcière et une amie de notre peuple ! »

Dorothée ne sut quoi répondre. Tout le monde la prenait pour une sorcière, mais elle savait bien qu'elle était une petite fille tout ce qu'il y a de plus normal. C'était le cyclone qui l'avait déposée dans ce curieux pays, vraiment par hasard.

Lorsqu'elle fut fatiguée de regarder les danseurs, Boq la conduisit dans sa maison et lui donna une chambre. Le lit était ravissant : des draps bleus, une couverture bleue... La petite fille dormit d'une traite jusqu'au lendemain matin, Toto pelotonné à ses pieds dans la couverture.

Le petit déjeuner fut aussi succulent que le dîner l'avait été. Dorothée s'amusa à regarder un bébé Munchkin qui jouait avec Toto, lui tirait la queue en gazouillant et riait de bon cœur. Toto faisait sensation partout où il passait, car au pays des Munchkins, personne n'avait jamais vu de chien.

Lorsque l'heure du départ arriva, Dorothée demanda à son hôte :

« Savez-vous à quelle distance se trouve la Cité d'Émeraude ?

— Je n'en ai aucune idée, répondit Boq. Je n'ai jamais été jusque-là. Il vaut mieux ne pas se frotter à Oz... À moins, bien sûr, d'avoir quelque chose à lui demander. Tout ce que je sais, c'est que le voyage vous prendra plusieurs jours. Le pays est très beau, mais je ne vous cache pas qu'il y aura des passes dangereuses. »

Cet avertissement inquiéta quelque peu la petite fille, mais puisque seul le grand Magicien Oz pouvait lui permettre de rentrer chez elle, dans le Kansas, elle rassembla tout son courage et se remit en route après avoir salué ses nouveaux amis.

Et de nouveau, ses talons d'argent résonnèrent sur la brique jaune.

Après avoir marché plusieurs heures, elle décida de s'accorder un peu de repos. Elle grimpa donc sur la barrière qui bordait la route et s'assit là, les yeux perdus dans un grand champ de maïs. Au milieu du champ, on avait attaché un épouvantail à un poteau pour empêcher les oiseaux de picorer les grains de maïs bien mûrs.

Le menton dans la main, Dorothée l'observa un moment. Il avait, en guise de tête, un petit sac rempli de paille où on avait peint des yeux, un nez et une bouche. Un vieux chapeau pointu d'un bleu délavé, qui avait dû appartenir à un Munchkin, et un costume bleu encore plus vieux que le chapeau, bourré de paille lui aussi, complétaient sa silhouette. À la place des pieds, deux bottes à revers bleus, et derrière le dos, le poteau qui le tenait debout...

Alors que Dorothée continuait son examen, à sa grande surprise, l'épouvantail lui fit un petit clin d'œil. Comment un œil peint sur un sac pouvait-il cligner ? De mémoire de Dorothée, jamais un épouvantail du Kansas n'avait fait une chose pareille ! Elle dut néanmoins se rendre à l'évidence lorsqu'elle vit la tête de ce curieux personnage s'incliner vers elle en signe d'amitié.

Elle sauta donc de la barrière et s'avança vers lui, pendant que Toto courait autour du poteau avec des aboiements furieux.

« Bien le bonjour, dit l'Épouvantail d'une voix enrouée.

— Est-ce que... Est-ce que vous m'avez dit quelque chose ? demanda Dorothée avec saisissement.

— Mais certainement ! Je vous ai souhaité le bonjour.

— Alors bonjour à vous, répondit-elle poliment. Comment allez-vous ?

— Couci-couça, fit l'Épouvantail en souriant. Je commence à en avoir assez de rester pendu à ce poteau jour et nuit pour faire peur aux oiseaux.

— Vous ne pouvez pas descendre ?

— Mais non, figurez-vous. Ce satané poteau est planté dans mon dos. Si vous étiez assez bonne pour m'en dégager, je vous serais infiniment reconnaissant. »

Aussitôt, Dorothée souleva l'Épouvantail de son support. Son corps de paille ne pesait pas lourd et elle n'eut aucun mal à le déposer sur le sol.

« Grand merci, dit-il. Je me sens comme un homme neuf. »

Dorothée, surprise d'entendre l'Épouvantail se désigner lui-même comme un homme, ne répondit rien. Sa surprise arriva à son comble lorsqu'elle le vit bâiller, s'étirer, enfin se lever et s'avancer vers elle.

« Comment vous appelez-vous ? demanda-t-il. Et où allez-vous de ce pas ?

— Je m'appelle Dorothée et je me rends à la Cité d'Émeraude pour rencontrer le grand Magicien Oz. Je voudrais qu'il m'aide à retourner au Kansas.

— La Cité d'Émeraude ? Le grand Magicien Oz ? Je n'en ai jamais entendu parler...

— C'est incroyable ! Tout le monde connaît Oz.

— Oui, sans doute... Mais moi, voyez-vous,

je suis absolument ignorant. C'est à cause de toute cette paille dont on m'a rempli. Je n'ai pas de cerveau. »

La petite fille le regarda avec compassion.

« C'est terrible, murmura-t-elle.

— Croyez-vous, reprit l'Épouvantail, que si je vous accompagne à la Cité d'Émeraude, Oz acceptera de me faire cadeau d'un cerveau ?

— Je n'en ai aucune idée. Mais si vous avez envie de venir avec moi, je n'y vois pas d'inconvénient. Après tout, même si Oz ne veut pas vous accorder ce que vous lui demanderez, vous ne perdrez rien à essayer.

— C'est juste. D'ailleurs, je suis bien content que mon corps entier soit garni de paille : ainsi, je ne peux en aucun cas me faire mal. Si on me marche sur les pieds ou qu'on me pique, je ne sens rien. C'est très pratique. Mais ce qui me chagrine, c'est d'être un idiot. Avec ma tête bourrée de paille, je ne peux rien apprendre, je ne sais pas réfléchir comme vous qui avez un cerveau...

— Je comprends bien, dit Dorothée sincèrement touchée par la détresse de son nouveau compagnon. Croyez que j'intercéderai en votre faveur.

— Merci beaucoup », répondit l'Épouvantail avec un sourire de gratitude.

Ils escaladèrent la barrière et retrouvèrent la route de briques jaunes.

Tout d'abord, Toto ne vit pas d'un très bon œil cet intrus qui emboîtait le pas à sa maîtresse. L'air soupçonneux, il reniflait l'Épouvantail en grondant, comme s'il s'attendait à voir un rat surgir de ce nid de paille.

« N'ayez pas peur de Toto : il n'a jamais mordu personne, expliqua Dorothée.

— Je ne crains rien, répondit l'Épouvantail. Un coup de dent dans de la paille, cela ne peut pas faire grand mal. Voulez-vous que je porte votre panier ? N'hésitez pas, je ne suis jamais fatigué. À vrai dire, il n'y a qu'une chose que je redoute...

— Et quoi donc ? Oh, sans doute de rencontrer le fermier qui vous a fabriqué...

— Non, dit l'Épouvantail. La seule chose qui me fasse peur, c'est une allumette enflammée. »

4

À travers la forêt

Au bout de quelques heures de marche, la route devint nettement moins bonne. Les briques jaunes étaient disjointes par endroits, ce qui rendait la progression des deux amis plus difficile. De temps en temps, l'Épouvantail trébuchait.

Il y avait aussi des trous dans la route, par-dessus lesquels Toto sautait allégrement. Dorothée, quant à elle, les contournait, mais le pauvre Épouvantail, avec sa tête bourrée de paille, ne savait rien faire d'autre que marcher tout droit. C'est ainsi qu'il se prenait les pieds dans les trous et qu'il s'étalait de tout son long sur le sol. Par bonheur, il n'en souffrait pas.

Dorothée l'aidait à se relever et ils riaient de bon cœur devant tant de maladresse.

L'allure des fermes qui bordaient la route se dégradait, elle aussi, à vue d'œil. Elles étaient de plus en plus éparses, les vergers se faisaient rares et le paysage tout entier avait l'air à l'abandon.

À midi, ils s'assirent sur le bord de la route, non loin d'un ruisseau. Dorothée sortit le pain de son petit panier, mais lorsqu'elle en offrit un morceau à l'Épouvantail, celui-ci refusa poliment.

« Je n'ai jamais faim, expliqua-t-il, et je m'en porte fort bien. Si je voulais manger, il faudrait percer le tissu de ma bouche peinte, la paille en sortirait et ma tête perdrait sa belle forme ronde. »

Dorothée, frappée par la justesse de cette remarque, acquiesça tout en dégustant un morceau de pain.

« Parle-moi de toi et de ton pays », reprit l'Épouvantail.

Devenus compagnons de route, ils avaient résolu de se tutoyer.

Dorothée décrivit à son ami les grandes étendues grises du Kansas et le cyclone qui l'avait transportée au Pays d'Oz. L'Épouvantail écoutait avec attention.

« Ce que je ne comprends pas, dit-il, c'est la raison pour laquelle tu tiens si fort à retourner dans cette contrée aride et grise que tu appelles le Kansas. Tout est bien plus beau, ici.

— On voit bien que tu n'as pas de cerveau, répondit Dorothée. Tu ne sais pas que nous autres, les êtres humains, nous sommes attachés par-dessus tout à l'endroit d'où nous venons. Le Kansas, c'est chez moi, comprends-tu ? Peu importe que l'herbe y soit cuite par le soleil.

— Il y a tant de choses que je ne comprends pas, soupira l'Épouvantail. Si tout le monde avait, comme moi, la tête pleine de paille, le Kansas serait désert, car personne ne voudrait y vivre... »

Dorothée sourit à cette idée.

« Dis-moi, reprit-elle, tu ne veux pas me raconter une histoire ?

— Une histoire ? Mais je n'ai encore presque rien vu. Je suis né d'avant-hier et je n'ai aucune idée de ce qui s'est passé avant ce jour-là. Cependant, je peux au moins te raconter le jour de ma naissance... »

Dorothée acquiesça et l'Épouvantail entama son récit :

« Par bonheur, le fermier qui m'a fabriqué a commencé par me peindre deux oreilles. Ainsi, j'ai pu entendre sa conversation avec l'autre Munchkin qui l'accompagnait. Il lui a demandé :

"— Comment trouves-tu ces oreilles ?

— Elles ne sont pas droites, a répondu l'autre.

— Je m'en moque, a dit le fermier. Ce n'en sont pas moins des oreilles", et il avait bien raison. La conversation a continué pendant que le fermier dessinait mon œil droit. Dès que celui-ci a été peint, j'ai vu le fermier, puis je me suis mis à regarder autour de moi avec une curiosité immense. C'était mon premier regard sur le monde !

"— Cet œil n'est pas mal, a déclaré le Munchkin qui regardait mon fermier travailler. Surtout avec de la peinture bleue.

— Je vais lui faire l'autre un peu plus grand", a dit le fermier.

« Aussitôt dit, aussitôt fait. J'y voyais encore mieux de l'œil gauche que du droit. Puis il a peint mon nez et ma bouche, mais je n'ai rien dit, car à l'époque je ne savais pas à quoi servait une bouche. Je me suis bien amusé à les regarder fabriquer mon corps, mes bras et mes jambes. Lorsque, enfin, ils ont posé ma tête sur mon corps, je me suis senti tout fier. Quelle belle allure j'avais !

"— Les corbeaux vont avoir une sacrée frousse ! a dit le fermier. Regarde-le, il a vraiment l'air d'un homme.

— Mais oui, c'est un vrai bonhomme", a dit l'autre.

« Tu penses si j'étais d'accord ! Le fermier m'a pris sous son bras et m'a porté jusque dans le champ de maïs, puis il m'a accroché à ce poteau. Ils sont partis tous les deux et m'ont laissé planté là.

« Je n'avais aucune envie de rester tout seul. J'ai voulu les rejoindre, mais, à cause de ce satané poteau, mes pieds ne touchaient pas le sol. Quelle situation affreuse ! J'étais tout seul et bien incapable de m'occuper l'esprit, car je venais de naître, et je n'avais encore rien vu.

« Tous les oiseaux qui s'approchaient du champ s'enfuyaient à ma vue, ils me prenaient pour un Munchkin. Cela, au moins, me plaisait. Je me sentais important. Bientôt, un vieux corbeau s'est approché de moi, puis, après m'avoir regardé avec attention, s'est perché sur mon épaule.

"— Le fermier qui t'a fabriqué nous prend vraiment pour des imbéciles, a-t-il déclaré. La ruse est grossière. N'importe quel corbeau de bon sens verrait que tu n'es qu'un mannequin de paille."

« Puis il s'est laissé tomber à mes pieds et s'est mis à picorer le maïs. Les autres, voyant que je ne lui faisais pas de mal, sont venus manger eux aussi et bientôt je me suis retrouvé au milieu d'une centaine d'oiseaux.

« Cette situation m'attristait, car elle prouvait que j'étais un piètre épouvantail. Mais, voyant ma tristesse, le vieux corbeau est venu me parler.

"— Si tu avais un cerveau, tu vaudrais autant que tous les Munchkins, et même plus que certains d'entre eux. Qu'on soit un homme ou un corbeau, la seule chose qui compte, c'est d'être intelligent. Et pour cela, il faut un cerveau."

« Après le départ des oiseaux, je me suis mis à réfléchir, et j'ai décidé que je mettrais tout en œuvre pour acquérir un cerveau. Quelle chance que tu aies croisé mon chemin ! Maintenant que tu m'as libéré de ce poteau et que tu m'as proposé de m'emmener voir le Grand Oz, je suis sûr que la chance va me sourire. »

Dorothée hocha la tête.

« Je l'espère de tout mon cœur, dit-elle. Tu as tellement envie de devenir intelligent...

— Oh, oui ! C'est si frustrant de savoir qu'on n'est qu'un idiot au crâne bourré de paille !

— Eh bien, mettons-nous en route », conclut la petite fille en tendant le panier à son ami.

Il n'y avait plus de barrières au bord du chemin, et les terres environnantes étaient sauvages et incultes. Vers le soir, les voyageurs débouchèrent dans une grande forêt aux arbres immenses dont les branches entremêlées dessinaient une voûte au-dessus de la route de briques jaunes. Il faisait sombre, le soleil ne parvenait pas à percer la voûte de branchages, mais ils continuèrent néanmoins leur chemin dans la forêt.

« Cette route doit bien mener quelque part, fit remarquer l'Épouvantail. Sans doute à la Cité d'Émeraude.

— C'est l'évidence même, répondit Dorothée.

— Tu as raison. J'ai encore fait une remarque inutile. Mais pardonne-moi, tu sais bien que je n'ai pas de cervelle. »

Au bout d'une heure, le soleil se coucha. Les deux amis se retrouvèrent dans le noir. Toto, que l'obscurité ne gênait pas, ouvrait la marche. L'Épouvantail déclara qu'il y voyait aussi bien qu'en plein soleil, et Dorothée lui prit le bras. Ainsi leur voyage continua sans encombre.

« Si tu aperçois une maison ou un endroit pour passer la nuit, dit Dorothée, préviens-moi. J'ai du mal à marcher dans l'obscurité. »

Bientôt, l'Épouvantail s'arrêta.

« Il y a une maisonnette à droite, dit-il. Ce n'est qu'une cabane de rondins. Veux-tu que nous allions y jeter un coup d'œil ?

— Oh oui ! Je suis épuisée. »

Il guida la petite fille jusqu'à la cabane. Dans un coin, elle trouva un lit de feuilles sèches où elle s'étendit. Toto grimpa auprès d'elle et bientôt elle dormait à poings fermés.

Quant à l'Épouvantail, qui ne connaissait pas la fatigue, il s'assit à l'autre bout de la pièce et attendit tranquillement le matin.

5

Le sauvetage du Bûcheron
en Fer-blanc

Lorsque Dorothée ouvrit les yeux, le soleil brillait à travers les branches des arbres et Toto folâtrait à la poursuite des oiseaux. Seul l'Épouvantail, assis dans son coin, attendait qu'elle se réveille.

« Il faut trouver de l'eau, dit-elle.

— Pourquoi as-tu besoin d'eau ?

— Pour me laver. Regarde, j'ai les joues pleines de poussière. Pour boire, aussi, car mon pain doit être sec et je ne veux pas m'étouffer.

— Ce doit être bien inconfortable d'être

humain, dit l'Épouvantail d'un air pensif. On est obligé de dormir, de manger et de boire. Mais enfin, tu as un cerveau, toi. Cela vaut bien quelques inconvénients. »

Ils quittèrent la cabane et marchèrent quelque temps dans la forêt jusqu'à ce qu'ils trouvent une petite source aux eaux cristallines, où Dorothée fit ses ablutions. En prenant son petit déjeuner, elle s'aperçut que la miche de pain avait beaucoup diminué depuis le début du voyage. « Encore heureux que l'Épouvantail ne mange pas, pensa-t-elle. Il en reste à peine assez pour Toto et moi jusqu'à ce soir. »

Une fois son repas terminé, alors qu'elle s'apprêtait à repartir, elle entendit un grognement qui la cloua sur place.

« Qu'est-ce que c'était ? demanda-t-elle avec effroi.

— Je n'en ai aucune idée, répondit l'Épouvantail. Allons voir. »

À peine eut-il fini de parler qu'un second grognement se fit entendre, qui semblait provenir de derrière eux. Ils revinrent sur leurs pas et Dorothée aperçut quelque chose qui brillait dans un rai de lumière tombant d'entre les arbres. Elle courut voir de quoi il s'agissait et s'arrêta net, avec un cri de surprise.

L'un des arbres avait été entaillé à la hache, pas assez cependant pour tomber, et auprès de l'arbre se tenait un homme dont le corps et le visage étaient tout entiers de fer-blanc. Il tenait encore à la main sa hache levée, comme pour frapper, mais la rouille l'avait figé dans une immobilité complète.

Dorothée et l'Épouvantail le contemplèrent avec stupéfaction, pendant que Toto aboyait comme un fou. Il tenta même de lui mordre les mollets mais ses canines se heurtèrent au fer-blanc.

« Est-ce vous qui avez poussé ce grogne-ment ? interrogea Dorothée.

— Oui, répondit l'Homme en Fer-blanc. Voilà un an que j'appelle à l'aide, mais personne ne m'avait entendu jusqu'ici. »

Il parlait d'une voix triste qui émut la petite fille.

« Que puis-je faire pour vous ? demanda-t-elle avec douceur.

— Aller chercher une burette et huiler mes articulations, fit-il. Je suis tellement rouillé que je ne peux plus bouger, mais avec un peu d'huile, tout rentrera dans l'ordre. Vous trou-

verez la burette sur une étagère, là-bas, dans ma cabane. »

Dorothée se précipita dans la cabane où elle avait passé la nuit et trouva effectivement la burette. Revenue auprès de l'Homme en Fer-blanc, elle demanda :

« Où dois-je en mettre ?

— Sur mon cou, d'abord. »

Le cou était couvert de rouille et l'Épouvantail dut faire pivoter la tête de l'infortuné bûcheron plusieurs fois avant que celui-ci ne parvienne à bouger tout seul.

« À mes bras, maintenant », dit-il.

Dorothée répéta l'opération et, avec l'aide de l'Épouvantail, les bras de l'Homme en Fer-blanc se trouvèrent débarrassés de leur rouille. Alors, avec un soupir de satisfaction, il posa sa hache contre le tronc d'arbre.

« Quel soulagement ! Voilà des mois et des mois que je tenais cette hache à bout de bras. Si vous voulez bien me dérouiller les jambes... »

Dorothée s'exécuta. L'Homme en Fer-blanc retrouva toute sa souplesse et remercia mille fois les deux compagnons de l'avoir dégrippé, car il était poli et courtois.

« Je ne sais pas combien de temps je serais

resté bloqué sans votre intervention, dit-il. Vous m'avez sauvé la vie. Comment se fait-il que vous soyez passés par là ?

— Nous sommes sur le chemin de la Cité d'Émeraude, indiqua Dorothée. Nous allons voir le Grand Oz. Je cherchais un abri pour la nuit et nous avons fait halte dans votre cabane.

— Pourquoi allez-vous voir Oz ?

— Moi, je voudrais qu'il m'aide à retourner au Kansas, et mon ami l'Épouvantail aimerait un cerveau à se mettre dans la tête. »

Le bûcheron eut l'air de réfléchir pendant un instant, puis il dit :

« Croyez-vous qu'Oz pourrait me faire cadeau d'un cœur ?

— J'imagine que oui, répondit Dorothée. C'est aussi simple que de doter l'Épouvantail d'un cerveau.

— Certes. Eh bien, si vous me permettez de me joindre à vous, j'aimerais aller à la Cité d'Émeraude pour demander son aide au Magicien.

— Vous êtes le bienvenu », s'exclama l'Épouvantail avec chaleur. Dorothée approuva et l'Homme en Fer-blanc les suivit, la hache sur l'épaule, jusqu'à la route de briques jaunes. Il avait prié Dorothée d'emporter la burette dans son panier.

« S'il se met à pleuvoir, avait-il dit, et que je rouille de nouveau, nous en aurons grand besoin. »

Les deux compagnons eurent bientôt sujet de se féliciter de cette rencontre, car, quelques centaines de mètres plus loin, ils se retrouvèrent bloqués par un entrelacs inextricable de branches. Le Bûcheron en Fer-blanc se mit au travail et, à l'aide de sa hache, il eut tôt fait de dégager le passage.

Quelque temps plus tard, Dorothée, plongée dans ses pensées, ne s'aperçut pas que l'Épouvantail s'était encore pris les pieds dans un trou de la route et qu'il avait roulé sur le bas-côté. Il l'appela pour qu'elle vienne l'aider à se relever.

« Mais pourquoi n'avez-vous pas évité ce nid-de-poule ? demanda l'Homme en Fer-blanc.

— C'est parce que je suis idiot, répondit l'Épouvantail en riant. J'ai la tête pleine de paille, voyez-vous, et c'est pourquoi je vais demander à Oz de me doter d'un cerveau.

— Je comprends. C'est important d'avoir un cerveau... Mais il y a plus important.

— Vous avez un cerveau, vous?

— Non. Tel que vous me voyez, ma tête est vide. Mais, dans le temps, j'avais un cerveau et un cœur. Eh bien, pour avoir essayé l'un et l'autre, je peux vous dire qu'un cœur est plus précieux.

— Pourquoi donc?

— Je vais vous raconter mon histoire. Vous comprendrez... »

Et ainsi, chemin faisant, l'Homme en Ferblanc raconta son histoire.

« Mon père était bûcheron, dit-il. Il coupait des arbres et vendait le bois pour vivre. Moi aussi, devenu grand, je me mis à abattre des arbres. Puis mon père mourut et je continuai de travailler pour faire vivre ma mère. Un beau jour, je résolus de me marier, car je ne voulais pas finir solitaire.

« Je connaissais une jeune fille Munchkin très jolie que j'aimais de tout mon cœur. Elle avait promis de m'épouser le jour où j'aurais assez d'argent pour construire une maison qui lui convienne. Je me mis donc à travailler plus dur que jamais. Mais cette jeune fille vivait avec une vieille mégère qui voulait à tout prix empêcher ce mariage : elle était si paresseuse, cette mégère, qu'elle voulait garder mon amie chez elle comme bonne à tout faire.

« La vieille s'en fut donc trouver la Vilaine Sorcière de l'Est et lui promit de lui donner deux moutons et une vache si elle parvenait à empêcher le mariage. Aussitôt, la Vilaine Sorcière jeta un sort à ma hache.

« Le lendemain, alors que je travaillais de bon cœur, la hache s'échappa de mes mains et me coupa la jambe gauche. J'en fus d'abord consterné, car il n'y a pas d'exemple qu'un unijambiste puisse faire un bon bûcheron. Mais je connaissais un ferblantier à qui je demandai de me fabriquer une jambe en ferblanc. Il fit si bien que je m'habituai rapidement à ma prothèse, et je repris le travail. Hélas ! Cela ne fit que redoubler l'animosité de la Vilaine Sorcière de l'Est. Elle avait promis à la vieille que je n'épouserais pas ma fiancée et n'entendait pas s'avouer battue.

« C'est ainsi que je me blessai une deuxième fois avec la hache enchantée. Un beau jour, elle m'échappa de nouveau et me coupa la jambe droite. Derechef, je retournai voir mon ferblantier qui me confectionna une deuxième prothèse. Et puis la hache me coupa les deux bras et moi, sans me décourager, je les fis remplacer. L'affreuse Sorcière ordonna alors à la hache de me couper la tête. Je crus bien, ce jour-là, que c'en était fait de moi, mais mon ferblantier était si adroit qu'il parvint à me fabriquer une nouvelle tête.

« Cette fois, je pensais avoir vaincu mon ennemie. Mais je sous-estimais sa cruauté : elle découvrit enfin le moyen de vaincre mon obstination. La hache m'échappa de nouveau et me trancha le corps en deux. Une fois de plus le ferblantier vint à mon secours. Il réussit à me confectionner un nouveau corps auquel il accrocha solidement mes bras, mes jambes et mon cou. J'avais retrouvé presque toutes mes capacités... sauf une, hélas !

« Je n'avais plus de cœur, et mon amour pour la jolie Munchkin était mort à tout jamais. Désormais, je me moquais bien de l'épouser ou non. Je suppose qu'elle vit toujours avec la vieille mégère et qu'elle attend que je vienne la chercher.

« Mais moi, depuis ce jour, je cessai de penser à elle. Mon corps de fer-blanc brillait superbement dans le soleil, j'en étais très fier et je n'avais plus aucun souci. Ma hache pouvait bien m'échapper encore, elle ne risquait plus de me blesser. Ma seule crainte

59

était que mes articulations ne rouillassent, mais j'avais une burette dans ma cabane et je prenais soin de me huiler régulièrement.

« Pourtant, un beau jour, je négligeai de m'entretenir. Un orage se déclara et, avant même que j'aie compris le danger qui me guettait, mes articulations rouillèrent. Je me retrouvai paralysé dans le bois où, sans votre intervention, je serais resté jusqu'à la fin des temps.

« Je dois dire que j'ai passé des moments difficiles, mais cette année d'immobilité forcée a eu au moins un mérite : j'ai pu réfléchir à loisir à tout ce que j'avais perdu en perdant mon cœur. Du temps où j'étais amoureux, j'étais le plus heureux des hommes, mais comment ressentir encore de l'amour si je n'ai pas de cœur ? C'est pourquoi j'ai résolu de vous suivre et de demander au Grand Oz de m'en donner un. Ainsi, je pourrai revenir chercher ma jolie Munchkin et l'épouser. »

Dorothée et l'Épouvantail avaient écouté cette histoire avec le plus vif intérêt. Ils espéraient sincèrement que l'Homme en Fer-blanc parviendrait à obtenir un nouveau cœur.

« N'empêche, dit l'Épouvantail, que je pré-

fère demander un cerveau, car je suis si bête
que je ne saurais pas quoi faire d'un cœur,
avec ma tête pleine de paille.

— Quant à moi, répliqua l'Homme en Fer-
blanc, je tiens à mon cœur, car l'intelligence
ne fait pas le bonheur, et je veux être
heureux. »

Dorothée ne dit rien. Elle ne parvenait pas à
décider lequel de ses deux amis avait raison,
et elle conclut que, si elle parvenait à
retrouver le Kansas et sa tante Em, rien ne
serait trop grave. Après tout, quelle importance que l'Épouvantail n'ait pas de cœur et
l'Homme en Fer-blanc, pas de cervelle ? La
seule chose qui comptait, c'était que chacun
obtienne ce qu'il désirait.

En revanche, elle s'inquiétait à l'idée qu'il
n'y avait presque plus de pain dans son panier.
Après le prochain repas, il n'en resterait plus
une miette. Certes, ses deux compagnons
n'avaient pas besoin de manger, mais elle et
Toto, qui n'étaient faits ni de paille ni de fer-
blanc, risquaient fort de mourir d'inanition.

6

Le Lion Poltron

La route serpentait au milieu de la forêt,
toujours pavée de briques jaunes, mais elle
était jonchée de branches et de feuilles
mortes. Dorothée et ses compagnons avaient
du mal à marcher. Les oiseaux se faisaient
rares, préférant la rase campagne et le soleil à
l'obscurité des bois.

Soudain, un grondement sourd se fit entendre entre les arbres. On eût dit le rugissement
d'un animal sauvage. Le cœur de la petite fille
se mit à battre la chamade et Toto, manifestant
une prudence exceptionnelle, s'abstint
d'aboyer. Même, il se rapprocha de sa maî-

tresse et continua son chemin en la serrant de près.

« Dans combien de temps sortirons-nous de cette forêt ? demanda-t-elle à l'Homme en Fer-blanc.

— Je n'en sais rien. Je n'ai jamais été à la Cité d'Émeraude. Mais un jour, quand j'étais petit, mon père m'a dit que c'était un long voyage avec des passes dangereuses. Nous saurons que nous approchons du but lorsque le paysage deviendra de plus en plus beau. Moi, en tout cas, je n'ai peur de rien tant que j'ai ma burette à portée de main, quant à l'Épouvantail, tu sais bien que rien ne peut lui faire de mal. Et toi, ma petite Dorothée, tu portes sur ton front le baiser de la bonne Sorcière du Nord, alors sois tranquille : il ne t'arrivera rien.

— Mais Toto, reprit-elle avec anxiété, qui le protégera ?

— Nous-mêmes, si un danger se présente. »

Il avait à peine prononcé ces mots qu'un rugissement terrible retentit, et un énorme Lion fit irruption sur la route. D'un coup de patte, il renversa l'Épouvantail par terre, puis il se jeta sur l'Homme en Fer-blanc pour le mordre. Mais, à sa grande surprise, ses dents crissèrent sur le fer. Le bûcheron était tombé par terre, mais sans mal.

Le petit Toto, rendu courageux par la présence de l'ennemi, se jeta sur lui en aboyant à pleins poumons. Le Lion ouvrait déjà sa gueule redoutable pour le croquer, mais Dorothée, craignant pour la vie de Toto, oublia toute prudence. Elle se précipita vers le Lion et lui donna une grande tape sur le nez en criant :

« Ne touche pas à mon petit Toto ! Tu devrais avoir honte... Une grosse bête comme toi, s'attaquer à plus petit que soi !

— Mais je ne l'ai pas mordu, geignit le Lion en se frottant le museau de sa grosse patte.

— Tu as bien failli ! répliqua la petite fille. Espèce de grand lâche. »

Le Lion inclina la tête d'un air contrit.

« Oh, je sais bien que je ne suis qu'un poltron, mais je n'y peux rien.

— Ce n'est pas mon affaire, déclara Dorothée. Quand je pense que tu as fait tomber mon ami l'Épouvantail ! Regarde, il est tout abîmé. »

Et sur ces mots, elle aida l'Épouvantail à se

relever et le rembourra du mieux qu'elle put.

« Tiens, remarqua le Lion, c'est vrai qu'il est rempli de paille.

— Mais bien sûr, grand nigaud, puisque c'est un épouvantail ! répliqua Dorothée toujours en colère.

— C'est donc pour cela qu'il est tombé si facilement, poursuivit le Lion. J'étais bien étonné de le voir rouler à terre. Est-ce que l'autre est également un épouvantail ?

— Non, il est en fer-blanc », expliqua Dorothée.

Et elle s'en fut aider le bûcheron à se relever.

« Voilà pourquoi je m'y suis cassé les dents, murmura le Lion d'un air pensif. Oh, cette affreuse sensation, ce crissement... J'en ai eu des frissons dans l'échine. Et cette petite bête que tu aimes tant, qu'est-ce que c'est ?

— C'est mon chien Toto.

— De quoi est-il fait ? De fer-blanc ? De paille ?

— Pas du tout. C'est un chien... Un chien en chair et en os.

— Quel étrange animal ! Maintenant que je le regarde, il m'a l'air extraordinairement petit.

Il faut vraiment être le dernier des lâches pour s'attaquer à une si petite chose, conclut-il tristement.

— Mais pourquoi es-tu ainsi ? » demanda Dorothée.

Plus elle regardait le Lion, moins elle comprenait qu'il fût si poltron. Il était grand comme un cheval, et d'allure terrifiante.

« C'est un mystère pour moi, dit le Lion. Je crois que je suis né poltron. Tous les autres animaux de la forêt me prennent pour leur chef, car le Lion est censé être courageux, n'est-ce pas, on l'appelle le Roi des Animaux. Je me suis aperçu qu'il me suffit de rugir pour que toutes les créatures s'enfuient, paniquées. Chaque fois que j'ai rencontré un être humain, jusqu'ici, j'ai appliqué la même tactique. Malgré ma peur, je rugissais un grand coup et il s'enfuyait à toutes jambes. Mais si les éléphants, les ours ou les tigres avaient voulu s'attaquer à moi, c'est moi qui me serais enfui. Je suis si poltron... Pourtant, il me suffit de rugir pour que toutes les bêtes me laissent la voie libre, et moi, bien sûr, je ne suis pas assez fou pour les attaquer.

— Ce n'est pas bien, déclara l'Épouvantail.

Le Roi des Animaux ne doit pas être un poltron.

— Je le sais bien, repartit le Lion en écrasant une larme du bout de sa queue. Si vous saviez comme je suis malheureux ! Ma vie est un enfer : chaque fois qu'un danger se présente, j'ai des palpitations.

— Tu es peut-être cardiaque, observa l'Homme en Fer-blanc.

— Peut-être, répondit le Lion.

— En tout cas, poursuivit l'Homme en Fer-blanc, tu as tout sujet de te féliciter, car cela prouve que tu as un cœur. Pour ma part, je n'en ai pas. Je ne suis donc pas cardiaque, mais je n'en suis pas plus heureux pour autant. »

Le Lion avait l'air pensif.

« Alors, dit-il, si je n'avais pas de cœur, je ne serais peut-être pas si poltron ?

— Est-ce que tu as un cerveau ? intervint l'Épouvantail.

— Je crois bien. Je n'ai jamais regardé.

— Moi, je m'en vais voir le Grand Oz pour lui demander de me donner un cerveau. J'ai la tête pleine de paille, vois-tu.

— Et moi, ajouta l'Homme en Fer-blanc, je vais lui demander un cœur.

— Et moi, fit Dorothée, je le prierai de me renvoyer dans le Kansas avec Toto.

— Croyez-vous que le Grand Oz pourrait me donner un peu de courage ? demanda le Lion Poltron.

— Cela lui sera aussi facile que de me doter d'un cerveau, répondit l'Épouvantail.

— Ou de me donner un cœur, ajouta l'Homme en Fer-blanc.

— Ou de me renvoyer dans le Kansas, conclut Dorothée.

— Alors, si cela ne vous dérange pas, j'aimerais bien venir avec vous, reprit le Lion. La vie m'est trop insupportable sans courage.

— Tu es le bienvenu, répondit Dorothée. Tu nous aideras à faire fuir les bêtes sauvages. D'ailleurs, il me semble qu'elles doivent être encore plus poltronnes que toi pour s'enfuir au son de ta voix.

— Sans doute le sont-elles, mais cela ne me rend pas plus courageux pour autant, répliqua le Lion avec logique. Et moi, tant que je serai poltron, je serai malheureux. »

Et ainsi, une fois de plus, la petite troupe se remit en route. Le Lion marchait à côté de Dorothée. Bien entendu, Toto ne voyait pas cela d'un très bon œil, car il ne pouvait oublier les terribles crocs de ce nouveau compagnon, mais au bout de quelque temps il se radoucit, et au bout du compte les deux anciens ennemis devinrent les meilleurs amis du monde.

Le reste de la journée se passa sans mésaventures. Certes, une fois, l'Homme en Fer-blanc marcha sur un scarabée qui traversait la route et l'écrasa, ce qui lui fit beaucoup de peine. Il avait en effet en horreur de faire du mal à qui que ce fût.

Tout en continuant son chemin, il versa des larmes abondantes qui témoignaient assez de ses remords, et qui firent insensiblement rouiller son visage.

Dorothée, qui lui parlait, s'aperçut qu'il ne répondait pas : ses deux mâchoires étaient bloquées l'une contre l'autre par la rouille. Très inquiet, il fit signe à son amie de le débloquer, mais la petite fille ne comprit pas ce qu'il voulait lui signifier.

Le Lion, effaré, se demandait ce qui se passait. Mais l'Épouvantail, avec une présence d'esprit remarquable, sortit la burette du panier et huila son compagnon jusqu'à ce qu'il puisse ouvrir la bouche.

« Cela me servira de leçon, dit le bûcheron. Désormais, je regarderai où je mets les pieds, car si par malheur j'écrasais un autre scarabée, je me remettrais à pleurer et à rouiller. »

À partir de ce moment, il avança avec précaution, les yeux fixés sur la route, et dès qu'il apercevait un insecte il l'enjambait pour ne pas lui faire de mal. Sachant qu'il n'avait pas de cœur, en effet, il prenait garde de ne jamais se montrer cruel ou violent.

« Vous autres, dit-il, vous avez un cœur pour vous guider et vous dire à chaque instant ce qui est bien ou mal. Moi qui en suis dépouvu, je me dois d'être vigilant. Lorsque Oz aura exaucé mon vœu, bien sûr, je n'aurai plus besoin de me mettre martel en tête. »

7

Les Kalidahs

Cette nuit-là, les voyageurs durent dormir à la belle étoile car il n'y avait pas d'habitation en vue. Les branches épaisses d'un grand arbre leur procurèrent un abri sûr contre l'humidité de la nuit, et l'Homme en Fer-blanc abattit une quantité considérable de bûches avec lesquelles ils firent un feu splendide dont la chaleur et la lumière réconfortèrent Dorothée. Elle partagea avec Toto ce qui restait de la miche de pain, tout en s'inquiétant de savoir comment elle mangerait le lendemain matin.

« Si tu veux, proposa le Lion, j'irai tuer un chevreuil dans les bois. Toi qui as les goûts bizarres des humains, je sais que tu n'aimes pas la viande crue, mais tu pourras le faire rôtir au-dessus du feu. Voilà qui fera un délicieux déjeuner.

— Non, je t'en prie ! s'exclama l'Homme en Fer-blanc. Je pleurerais toutes les larmes de mon corps si tu sacrifiais une créature innocente, et je me remettrais à rouiller. »

Le Lion s'en alla néanmoins à la recherche de son propre dîner, et personne ne sut ce qu'il avait tué car il n'en parla point.

L'Épouvantail découvrit un noisetier, cueillit une grande quantité de noisettes et en rapporta un plein panier à Dorothée. Ainsi elle n'aurait plus à s'inquiéter pour les repas à venir. Elle lui en fut bien reconnaissante mais ne put s'empêcher de rire en le voyant ramasser les noisettes : il était si maladroit, avec ses grosses mains bourrées de paille, qu'il en renversa la plus grande partie en voulant remplir le panier lui-même.

Cependant, l'Épouvantail ne se formalisa pas, bien au contraire. Tout le temps qu'il passait à ce travail lui permettait de se tenir éloigné du feu dont il avait grand-peur. Si par malheur une flammèche avait eu la mauvaise idée de bondir sur lui... Toute la soirée, il resta à bonne distance de ce danger, et ne consentit à se rapprocher que pour recouvrir son amie de feuilles sèches et lui souhaiter le bonsoir. Grâce à cette couverture improvisée, Dorothée dormit bien au chaud jusqu'au lever du soleil.

À son réveil, elle se débarbouilla dans l'eau claire d'un ruisseau et les cinq compagnons reprirent leur voyage vers la Cité d'Émeraude.

La journée qui s'annonçait allait être pleine de surprises. Ils ne tardèrent pas à s'en apercevoir : après une heure de marche à peine, ils furent arrêtés par un grand ravin qui coupait la route en deux et se prolongeait à perte de vue dans la forêt.

Ils s'approchèrent du bord avec précaution. Le ravin était très profond et, dans le fond, des rochers dressaient leurs arêtes menaçantes. Les parois étaient trop abruptes pour qu'on pût s'y laisser descendre sans dommage. Les quatre compagnons en vinrent à craindre que leur voyage ne s'arrêtât là.

« Qu'est-ce que nous pouvons faire ? demanda Dorothée, toute désemparée.

— Je n'en ai pas la moindre idée », répondit l'Homme en Fer-blanc.

Le Lion secoua sa crinière touffue d'un air perplexe.

Quant à l'Épouvantail, il déclara :

« Il est clair que nous ne savons pas voler. En outre, aucun de nous ne pourrait descendre le long des parois sans risquer sa vie. Donc, si nous ne pouvons pas non plus sauter par-dessus ce ravin, il faudra rebrousser chemin.

— Sauter ? Je pourrais peut-être essayer », dit le Lion Poltron tout en estimant du regard la distance entre les deux bords.

« Alors tout va bien ! s'exclama l'Épouvantail. Tu nous porteras l'un après l'autre sur ton dos.

— Essayons, répondit le Lion. Qui veut commencer ?

— Moi, fit l'Épouvantail. Si je tombais sur ces rochers, je ne me ferais aucun mal, alors que Dorothée risquerait de se blesser et notre ami le bûcheron, de se cabosser.

— C'est que... C'est que moi aussi, j'ai une peur terrible de tomber, reprit le Lion. Mais, puisqu'il n'y a pas d'autre solution, allons-y. Monte sur mon dos. »

L'Épouvantail s'exécuta. Le Lion se ramassa devant le bord du ravin, prêt à bondir.

« Pourquoi ne prends-tu pas un peu d'élan ? demanda son cavalier.

— Ce n'est pas ainsi qu'un Lion procède », répliqua-t-il.

Puis, dans un saut formidable, il s'élança au-dessus du ravin et retomba sain et sauf de l'autre côté. Tous en furent ravis et soulagés. L'Épouvantail mit pied à terre et le Lion bondit sur l'autre bord.

Ce fut au tour de Dorothée de tenter l'expérience. Serrant Toto dans ses bras, elle enfourcha le large dos du Lion et s'agrippa fermement à sa crinière. Un instant plus tard, elle se retrouva dans les airs et, avant même d'avoir pu dire « ouf ! », elle atterrissait de l'autre côté du ravin.

Le Lion revint une troisième fois sur le bord, ramena avec lui l'Homme en Fer-blanc, et enfin tous se retrouvèrent du bon côté de l'obstacle. Ils s'assirent quelques instants pour permettre à leur sauveteur de se reposer, car il haletait de fatigue comme un gros chien qui aurait couru trop longtemps.

De ce côté-là, la forêt était encore plus épaisse, sombre et menaçante. Une fois que le Lion se fut reposé, ils poursuivirent leur chemin sur la route de briques jaunes, chacun se demandant en silence quand ils arriveraient à destination. Des bruits étranges, qui perçaient le silence des bois, mirent un comble à leur malaise.

« Nous arrivons sur le territoire des Kalidahs, expliqua le Lion dans un murmure.

— Les Kalidahs ? Qu'est-ce que c'est ? demanda Dorothée.

— Ce sont des monstres à tête de tigre sur un corps d'ours, répondit le Lion. Leurs crocs sont si longs et si acérés qu'ils pourraient me mettre en pièces comme j'ai failli le faire de Toto. J'ai une peur affreuse des Kalidahs.

— Comme je te comprends ! soupira la petite fille. Moi aussi, j'ai peur. »

Alors que le Lion s'apprêtait à répondre, la route décrivit un tournant et les voyageurs découvrirent un ravin encore plus profond et plus large que le précédent. Au premier coup d'œil, le Lion comprit qu'il ne pourrait pas le franchir d'un bond.

Ils firent donc une pause pour réfléchir aux solutions qui s'offraient à eux. L'Épouvantail parla le premier.

« Regardez, dit-il, ce grand arbre qui pousse juste devant le ravin. Si l'Homme en Fer-blanc parvenait à l'abattre, il tomberait juste au-dessus du trou. Nous aurions un pont pour passer de l'autre côté.

— Voilà une idée de première grandeur, remarqua le Lion. Comment a-t-elle pu germer dans ta tête pleine de paille ? On dirait que tu as un vrai cerveau pour penser ! »

Le Bûcheron en Fer-blanc se mit aussitôt au travail et entailla le tronc de l'arbre. Puis, lorsqu'il fut prêt à choir, le Lion posa ses grosses pattes sur l'écorce et poussa de toutes ses forces. Le tronc vacilla et tomba à grand bruit par-dessus le ravin, les plus hautes branches touchant l'autre bord.

Les cinq amis s'engagèrent sur ce pont de fortune. Au même instant, un grondement assourdissant retentit. Ils se retournèrent d'un même mouvement pour découvrir, horrifiés, deux énormes bêtes à tête de tigre avec un corps puissant et velu comme celui d'un ours.

« Les Kalidahs ! hurla le Lion en tremblant.

— Vite ! s'exclama l'Épouvantail. Dépêchons-nous de traverser. »

Dorothée, en tête du cortège, courut de l'autre côté du ravin en serrant Toto dans ses bras. L'Homme en Fer-blanc et l'Épouvantail la suivirent de près. Quant au Lion, malgré sa peur, il se tourna vers les assaillants et poussa un rugissement si effroyable que Dorothée laissa échapper un cri pendant que l'Épouvantail tombait à la renverse. Les Kalidahs eux-mêmes s'immobilisèrent, stupéfaits.

Mais ils ne tardèrent pas à reprendre leurs esprits, se souvenant qu'ils étaient plus forts que le Lion et supérieurs en nombre. Les Kalidahs bondirent donc en avant pendant que le Lion traversait le pont. Bientôt, ils s'y engagèrent.

« Nous sommes perdus, dit le Lion. Ils vont nous dévorer. Reste auprès de moi, petite Dorothée, je te défendrai tant que j'aurai un souffle de vie.

— J'ai une idée! s'exclama l'Épouvantail. Bûcheron, tu vas abattre le bout de l'arbre, et ainsi le pont tombera dans le ravin. »

L'Homme en Fer-blanc se précipita, la hache à la main. Au moment même où les Kalidahs allaient toucher terre, le pont s'effondra dans un grand craquement. Les deux bêtes immondes tombèrent dans le ravin et furent déchiquetées par les rochers coupants.

« Ouf! soupira le Lion Poltron. Notre vie est sauve et je m'en félicite. Je n'aimerais pas être mort... Ces deux monstres m'ont fait une telle peur que j'en ai encore le cœur battant.

— Ah! répliqua l'Homme en Fer-blanc. Moi aussi, j'aimerais bien avoir un cœur, même s'il devait battre la chamade. »

Cette aventure avait redoublé leur désir de sortir de la forêt. Ils se mirent à marcher si vite que Dorothée, épuisée, dut monter sur le dos du Lion.

Ce fut avec un soulagement inexprimable que les voyageurs virent la forêt se clairsemer peu à peu. Vers le milieu de l'après-midi, ils découvrirent une rivière qui coupait le chemin. Au-delà de la rivière, la route de briques jaunes continuait de serpenter en rase campagne, parmi des prairies semées de fleurs multicolores et des arbres chargés de fruits appétissants. Quel plaisir de retrouver enfin le soleil et ce paysage délicieux!

« Mais comment allons-nous traverser cette rivière? demanda Dorothée.

— Rien de plus facile, répondit l'Épouvantail. Le Bûcheron en Fer-blanc va nous fabriquer un radeau, et ainsi nous flotterons jusqu'à l'autre rive. »

L'Homme en Fer-blanc se mit donc à abattre des arbustes et à confectionner une embarcation pendant que l'Épouvantail, qui avait avisé des arbres fruitiers au bord de l'eau, cueillait des pêches et des prunes pour Dorothée. Celle-ci en fut enchantée : elle n'avait rien mangé d'autre que des noix depuis le matin et les fruits furent bienvenus.

Mais la construction du radeau prit un certain temps. À la nuit tombée, l'Homme en Fer-blanc n'avais toujours pas terminé son ouvrage. Les voyageurs s'installèrent donc au pied d'un arbre pour passer la nuit, et Dorothée, qui dormit sur ses deux oreilles, passa la nuit à rêver du Magicien d'Oz et de la Cité d'Émeraude. Elle allait bientôt pouvoir rentrer chez elle !

8

Le champ de coquelicots

Le lendemain matin, la petite bande s'éveilla de bonne humeur. Chacun était plein d'espoir. Dorothée eut droit à un petit déjeuner de princesse grâce aux pêches et aux prunes que l'Épouvantail ramassa sur les arbres voisins. Derrière eux, la grande forêt étendait sa masse sombre et menaçante, mais le plus dur était passé, et un paysage riant les attendait. La route de la Cité d'Émeraude brillait sous le soleil.

Le radeau était presque terminé. L'Homme en Fer-blanc abattit les derniers rondins nécessaires et les fixa à l'aide de chevilles de bois... Tout était prêt pour la traversée.

Dorothée s'assit bien au milieu du radeau

avec Toto sur les genoux. Lorsque le Lion Poltron monta à son tour, la frêle embarcation faillit chavirer sous son poids, mais l'Épouvantail et l'Homme en Fer-blanc firent contrepoids de l'autre côté et tout rentra dans l'ordre. Ils avaient taillé de longues perches avec lesquelles ils dirigeaient le radeau.

Tout se passa à merveille jusqu'au milieu de la rivière. Là, l'embarcation rencontra un tourbillon qui l'emporta vers l'aval, à mi-chemin des deux berges, de plus en plus loin de la route. L'eau était si profonde que les perches ne touchaient plus le fond.

« Je suis très inquiet, déclara l'Homme en Fer-blanc. Si le courant nous emporte ainsi, nous risquons fort de nous retrouver sur les terres de la Vilaine Sorcière de l'Ouest qui ne manquera pas de nous jeter un sort pour nous réduire en esclavage.

— Et alors, je pourrai dire adieu à mon cerveau! s'écria l'Épouvantail.

— Et moi, à mon courage, ajouta le Lion.

— Et moi, murmura Dorothée, je ne reverrai jamais le Kansas.

— Nous retrouverons la route de la Cité d'Émeraude, coûte que coûte! » s'exclama l'Épouvantail en enfonçant sa perche dans l'eau.

Il avait poussé avec tant de vigueur que le bout de la perche se ficha dans le fond boueux et, brusquement, s'immobilisa. Le radeau continua de dériver, emportant les trois autres, mais l'Épouvantail resta planté en plein milieu de la rivière, accroché à sa perche.

« Adieu ! » cria-t-il à ses compagnons impuissants qui s'éloignaient au fil de l'eau en faisant de grands signes.

L'Homme en Fer-blanc commença à pleurer mais, de peur de rouiller, il s'arrêta tout de suite et sécha ses larmes sur le tablier de Dorothée.

Quant à l'Épouvantail, il demeura seul et désemparé, agrippé à sa perche.

« Me voilà bien mal en point, songea-t-il, et plus mal encore que le jour où j'ai rencontré Dorothée. Car, planté dans mon champ, je pouvais au moins faire semblant d'effrayer les oiseaux, mais ici, au beau milieu de l'eau, de quoi ai-je l'air ? Ce n'est pas la place d'un épouvantail... Et cette fois, je peux pour de bon dire adieu à mon cerveau. »

Pendant qu'il se désolait ainsi, le radeau s'éloignait au gré du courant.

« Nous ne pouvons pas continuer à dériver

ainsi, déclara le Lion. Si je nageais jusqu'au rivage, je pourrais vous tirer derrière moi. Vous n'aurez qu'à vous cramponner au bout de ma queue. »

Sitôt dit, sitôt fait : il plongea dans l'eau.

L'Homme en Fer-blanc s'agrippa à sa queue et le Lion se mit à nager de toutes ses forces vers la rive. Cela n'alla pas sans peine, car le radeau était lourd, mais finalement il parvint à le soustraire au courant. Dorothée saisit la perche abandonnée par l'Homme en Fer-blanc et aida ses amis à pousser l'embarcation jusqu'au rivage.

Lorsqu'ils retrouvèrent la terre ferme et les belles prairies verdoyantes, ils étaient tous épuisés. En outre, le courant les avait entraînés bien loin de la route de briques jaunes. Le Lion s'étendit au soleil pour faire sécher son pelage.

« Que faire ? demanda l'Homme en Fer-blanc.

— Il nous faut retrouver la route qui mène à la Cité d'Émeraude, répondit Dorothée.

— Le plus sage serait de longer les berges de la rivière, intervint le Lion. Ainsi nous sommes sûrs de retrouver la route. »

Une fois que tout le monde se fut reposé,

Dorothée prit son panier et s'engagea sur les berges herbues, suivie de ses amis, pour retourner au point où ils avaient voulu traverser la rivière. La campagne était ravissante, les fleurs et les arbres fruitiers prospéraient sous un soleil radieux et, sans la mésaventure du pauvre Épouvantail, les trois amis eussent été tout à fait heureux.

Ils marchaient en hâte, Dorothée s'interrompant à peine de temps en temps pour cueillir des fleurs, et bientôt l'Homme en Fer-blanc s'écria :

« Regardez ! »

Tous suivirent des yeux la direction qu'il indiquait. Au beau milieu de la rivière, installé tant bien que mal sur sa perche, le malheureux Épouvantail avait l'air le plus désolé du monde.

« Il faut trouver un moyen de le tirer de là ! Que pouvons-nous faire ? » demanda Dorothée.

Le Lion et l'Homme en Fer-blanc hochèrent la tête sans répondre. Ils n'en avaient aucune idée. Assis sur la rive, ils regardaient leur ami d'un air mélancolique.

Mais soudain une cigogne vint à passer et, les apercevant, se posa au bord de l'eau.

« Qui êtes-vous ? demanda-t-elle. Où allez-vous ?

— Je m'appelle Dorothée, répondit la petite fille, et voici mes amis : le Lion Poltron et l'Homme en Fer-blanc. Nous nous rendons à la Cité d'Émeraude.

— Ce n'est pas la bonne route, remarqua la Cigogne en tordant son long cou pour mieux dévisager ces étranges voyageurs.

— Je le sais bien ! soupira Dorothée. Mais nous avons perdu notre compagnon l'Épouvantail. Nous étions précisément en train de nous demander comment le tirer du mauvais pas où il se trouve.

— Quel mauvais pas ?

— Il est là, regardez, au milieu de la rivière. »

La Cigogne se gratta la tête de sa patte maigre.

« S'il était moins gros et moins lourd, je vous le rapporterais volontiers.

— Oh, mais il n'est pas lourd du tout ! s'exclama Dorothée. Son corps est rembourré de paille. Si vous étiez assez bonne pour lui faire traverser la rivière, nous vous en serions très reconnaissants.

— Bon, bon, je vais essayer, dit la Cigogne.

Mais je vous préviens : si jamais je le trouve trop lourd, je le rejette dans la rivière. »

Elle prit son envol et, en un clin d'œil, arriva au-dessus de l'Épouvantail. De son grand bec, elle le saisit par le bras et l'enleva dans les airs sans le moindre effort, car Dorothée n'avait pas menti : il ne pesait presque rien. C'est ainsi que l'Épouvantail se retrouva en sécurité sur la berge, auprès de ses amis.

Il fut si heureux qu'il se précipita sur chacun pour l'embrasser avec fougue ; il embrassa même le Lion et le petit Toto.

Puis, tous ensemble, ils reprirent leur route. L'Épouvantail, d'humeur radieuse, chantait « Youpi, tra-la-la-boum ! » à chaque pas.

« J'ai bien cru que j'allais passer le restant de mes jours dans cette affreuse rivière ! disait-il. Mais la bonne Cigogne m'a sauvé. Si jamais Oz m'accorde un cerveau et que je retrouve cette Cigogne, je lui ferai quelque gentillesse en retour.

— Je n'ai besoin d'aucune récompense, répondit la Cigogne qui volait à son côté. Cela m'amuse d'aider ceux qui ont besoin de moi. Mais il faut nous dire adieu, maintenant, car je dois rejoindre mes bébés qui m'attendent dans leur nid. Je vous souhaite de trouver la Cité d'Émeraude, et que le Grand Oz vous soit clément ! »

— Merci beaucoup », dit Dorothée.

La bonne Cigogne s'envola dans les airs et disparut rapidement à leur vue.

Ils poursuivirent leur chemin en écoutant chanter, dans les arbres, les oiseaux au plumage bariolé, et en regardant les belles fleurs dont l'herbe était parsemée. Elles formaient sous leurs pieds un véritable tapis jaune, blanc, bleu et mauve, au-dessus duquel s'épanouissaient les corolles souveraines des coquelicots, d'un rouge si soutenu que Dorothée en fut presque éblouie.

« Comme c'est beau !... murmura-t-elle en humant le parfum puissant qui montait des massifs de fleurs.

— Sans doute, répondit l'Épouvantail, mais lorsque j'aurai un cerveau, je les trouverai encore plus belles.

— Et moi, ajouta l'Homme en Fer-blanc, si seulement j'avais un cœur, je les aimerais.

— Pour ma part, déclara le Lion, j'ai toujours aimé les fleurs. Elles ont l'air si fragiles, si vulnérables... Mais celles que j'ai vues dans la forêt avaient de moins belles couleurs que celles-ci. »

À mesure qu'ils avançaient, les coquelicots se faisaient plus nombreux, au détriment des autres fleurs. Bientôt ils se retrouvèrent dans un immense champ de coquelicots.

Or, chacun sait que les coquelicots sont apparentés aux pavots. Le parfum de ces fleurs, lorsqu'il est très puissant, peut suffire à faire tomber n'importe qui dans un profond sommeil, et si l'on n'éloigne pas le dormeur des coquelicots, il risque fort de ne jamais se réveiller.

Mais Dorothée ignorait cela, et d'ailleurs elle était déjà si bien engagée dans le champ qu'elle respirait à pleins poumons les effluves soporifiques. Très vite, ses paupières s'alourdirent et elle ressentit le besoin de s'allonger pour se reposer.

L'Homme en Fer-blanc l'en dissuada.

« Dépêchons-nous de retrouver la route jaune », dit-il.

L'Épouvantail lui donna raison. Ils continuèrent donc à marcher, mais bientôt Dorothée se trouva à bout de forces. Ses yeux se fermaient malgré elle. Oubliant le danger, elle tomba profondément endormie parmi les coquelicots.

« Il faut faire quelque chose, décréta l'Homme en Fer-blanc.

— Si nous la laissons là, elle mourra, renchérit le Lion. Cette odeur est dangereuse pour nous tous. Moi-même, j'ai du mal à garder les yeux ouverts, et regardez le petit chien : il dort. »

En effet, Toto venait de tomber endormi au côté de sa maîtresse. Mais l'Épouvantail et l'Homme en Fer-blanc, qui n'étaient pas des êtres de chair, n'étaient nullement affectés par le parfum des coquelicots.

« Cours vite te mettre à l'abri de ces coquelicots malfaisants, dit l'Épouvantail au Lion. Nous pouvons nous occuper de Dorothée, mais toi, tu es trop lourd. Si tu t'endormais, nous ne pourrions pas te transporter hors du champ. »

Le Lion obéit à ce sage conseil. Il s'élança de toute la vitesse de ses pattes et, un instant plus tard, il avait disparu.

« Entrecroisons nos bras pour lui faire un fauteuil », proposa l'Épouvantail.

Il ramassa Toto et le déposa dans le giron de sa maîtresse. Ensuite, il tendit ses bras à l'Homme en Fer-blanc et ils transportèrent la petite fille endormie dans ce fauteuil de fortune.

Plus ils marchaient, plus il leur semblait que ce champ de coquelicots ne finirait jamais. En suivant le bord de la rivière, ils finirent par rencontrer leur ami le Lion, le nez dans les coquelicots, qui dormait d'un sommeil de plomb.

Le parfum des coquelicots avait eu raison de ses forces et il s'était écroulé là, tout près du but, à quelques pas de la route jaune et des champs.

« Nous ne pouvons rien faire pour lui, remarqua l'Homme en Fer-blanc d'un ton désolé. Il est beaucoup trop lourd. Nous n'avons plus qu'à le laisser là. Il dormira tout le reste de sa vie et peut-être rêvera-t-il qu'il est devenu courageux...

— Comme c'est triste ! dit l'Épouvantail. Malgré sa poltronnerie, le lion était un excellent camarade. Mais ne nous attardons pas, il faut réveiller Dorothée. »

Ils déposèrent la petite fille sur un carré de gazon, tout près de la rivière et assez loin des coquelicots pour la préserver des effluves mortels. Et puis, assis auprès d'elle sur l'herbe tendre, ils attendirent que la fraîcheur de la brise ranime leur amie.

9

La Reine des Mulots

« La route de briques jaunes ne doit plus être très loin, observa l'Épouvantail. Je reconnais les environs. ».

L'Homme en Fer-blanc allait lui répondre, mais un petit grognement l'interrompit. Il tourna sa tête bien huilée et aperçut une bête étrange qui venait vers eux en faisant des bonds. Il s'agissait d'un grand chat sauvage au poil jaune.

L'Homme en Fer-blanc, voyant ses oreilles couchées et sa gueule grande ouverte, se dit qu'il devait être sur la piste d'un quelconque gibier. Deux rangées de dents horribles s'alignaient entre ses mâchoires et ses yeux rougeoyaient comme des charbons ardents.

Bientôt l'Homme en Fer-blanc s'aperçut qu'il pourchassait un minuscule mulot gris. Bien qu'il n'eût pas de cœur, il comprit tout de suite que c'était mal, de la part du chat sauvage, de tuer cette jolie petite créature sans défense.

Le Bûcheron en Fer-blanc leva donc sa hache et, lorsque le chat sauvage passa à sa portée, il lui trancha la tête d'un coup sec. L'animal, fauché dans son élan, tomba en deux morceaux.

Quant au petit mulot, une fois débarrassé de son ennemi, il s'arrêta net, jeta un coup d'œil à son sauveteur et s'approcha de lui pour lui dire, d'une drôle de voix aigrelette :

« Merci ! Vous m'avez sauvé la vie, je vous en serai éternellement reconnaissant.

— Ne prenez pas cette peine, je vous en prie, repartit l'Homme en Fer-blanc. Je n'ai pas de cœur, voyez-vous, et je m'applique donc à venir en aide à tous ceux qui en ont besoin, fût-ce à un petit mulot comme vous.

— Un petit mulot comme moi ! répéta l'animal avec indignation. Savez-vous au moins à qui vous parlez ? Je suis Reine ! La Reine des Mulots.

— Pardonnez-moi, Majesté, murmura l'Homme en Fer-blanc en s'inclinant.

— Et c'est pourquoi, poursuivit la Reine, vous avez accompli un acte hautement héroïque en me sauvant la vie. »

Le bûcheron aperçut alors des centaines de petits mulots qui arrivaient des quatre coins du champ et accouraient vers leur Reine à toute vitesse en criant :

« Majesté, Majesté, nous avons craint pour votre vie ! Comment avez-vous échappé au Grand Chat Sauvage ? »

Et tout en parlant, les petits mulots s'inclinaient si bas devant leur Reine qu'ils se retrouvaient presque debout sur la tête.

« C'est ce drôle de bonhomme en fer-blanc, répondit-elle. Il a tué le chat et m'a sauvé la vie. Désormais vous le servirez et obéirez à ses moindres désirs.

— Nous le jurons ! » s'écrièrent les mulots d'une seule voix perçante. Mais aussitôt ils s'éparpillèrent en hâte : Toto s'était réveillé. Voyant tous ces mulots, il s'était rué sur eux avec un jappement de joie, car du temps où il vivait au Kansas, il était un spécialiste de la chasse aux souris.

Mais l'Homme en Fer-blanc l'enleva dans ses bras et l'y maintint, tout en criant aux mulots :

« Revenez, revenez ! Toto ne vous fera aucun mal. »

La Reine des Mulots sortit le bout de son nez de derrière une touffe d'herbe et demanda d'une voix timide :

« Vous êtes sûr qu'il ne nous mangera pas ?

— Je ne le laisserai jamais faire une chose pareille. N'ayez pas peur. »

Un par un, les mulots s'en revinrent. Toto ne jappait plus mais il essayait de s'échapper des bras de l'Homme en Fer-blanc, et, s'il n'avait craint de s'y casser les dents, il l'aurait mordu. Enfin le plus gros des mulots prit la parole :

« Que pouvons-nous faire pour ton service, à toi qui as sauvé la vie de notre Reine ?

— Je n'en ai aucune idée... » commença l'Homme en Fer-blanc.

Mais l'Épouvantail, qui avait suivi toute la scène avec un vif intérêt, s'interposa.

« Si, si ! s'exclama-t-il. Vous pouvez sauver

notre ami le Lion qui dort là-bas, dans le champ de coquelicots.

— Un Lion? s'écria la petite Reine. Mais il ne ferait qu'une bouchée de nous tous!

— Non, certes non, répondit l'Épouvantail, car ce Lion est le roi des poltrons.

— Un poltron?

— C'est ainsi qu'il se nomme lui-même, et par ailleurs, il ne ferait jamais le moindre mal à quiconque de nos amis. Si vous le sauvez, je vous donne ma parole qu'il vous traitera avec la plus grande gentillesse.

— C'est bon, déclara la Reine, nous vous faisons confiance. Mais que pouvons-nous faire pour votre ami?

— Vous êtes bien la Reine des Mulots, n'est-ce pas?

— Certainement.

— À combien s'élève le nombre de vos sujets?

— Ils sont des milliers et des milliers.

— Alors faites-les venir, tous, et que chacun apporte avec lui une longue corde. »

La Reine se retourna vers ses fidèles et leur ordonna de rassembler son peuple sur-le-champ. Dès qu'ils eurent entendu la consigne, les petits mulots s'égaillèrent.

« Maintenant, dit l'Épouvantail au bûcheron, tu vas abattre quelques arbres et confectionner un chariot assez grand pour qu'on puisse y transporter le Lion. »

L'Homme en Fer-blanc se mit au travail immédiatement, et eut tôt fait de confectionner, avec de grosses branches, un chariot rudimentaire auquel il adjoignit des roues découpées dans la section ronde d'un large tronc d'arbre. Il avait travaillé si vite que, lorsque les premiers mulots se présentèrent, le chariot était prêt.

Les sujets de la Reine arrivaient de toutes parts et par milliers. Il y en avait de tout petits, des moyens et des grands, et chacun apportait entre ses dents son morceau de ficelle ou de corde.

Au même moment, Dorothée sortit de sa léthargie et ouvrit les yeux. Quel ne fut pas son étonnement en découvrant ce spectacle ! Tout autour d'elle, formant un grand cercle sur le gazon, des centaines et des centaines de mulots la regardaient d'un air timide. L'Épouvantail s'empressa de lui expliquer la situation et, se tournant vers la Reine, il déclara d'un ton protocolaire :

« Dorothée, je te présente Sa Majesté la Souveraine des Mulots. »

Dorothée s'inclina avec déférence et la Reine lui répondit par une petite révérence. Elles ne tardèrent pas à se lier d'amitié.

Cependant, l'Épouvantail et l'Homme en Fer-blanc s'employaient à attacher tous les mulots l'un après l'autre au chariot. Chacun d'eux fut harnaché au moyen de la corde qu'il avait apportée, et l'autre bout de la corde solidement fixé aux montants de bois. Certes, le chariot était immense en comparaison des petits animaux, mais ils étaient si nombreux que, lorsqu'ils furent tous attelés à leur charge, ils parvinrent à la tirer aisément.

L'Épouvantail et l'Homme en Fer-blanc prirent place sur le chariot et le curieux équipage s'ébranla vers le champ où le Lion dormait toujours.

Au prix d'un grand effort, les deux compagnons parvinrent à soulever la lourde masse de leur ami assoupi et à le déposer sur cette ambulance de fortune. La Reine donna rapidement le signal du départ, car elle craignait que ses petits sujets ne souffrissent, eux aussi, du parfum soporifique des coquelicots.

Mais le Lion était plus lourd que l'Épouvantail et l'Homme en Fer-blanc réunis. Les petites créatures, si nombreuses qu'elles fussent, eurent bien du mal à mettre en branle le chariot devenu trop pesant.

Les deux compagnons s'arc-boutèrent donc à l'arrière de l'attelage et poussèrent de toutes leurs forces. À ce prix, le Lion fut tiré hors de ce champ où il avait bien failli laisser sa vie. Alors, il put enfin respirer l'air pur qui devait le ranimer.

Dorothée se précipita au-devant de l'équipage et remercia chaudement les mulots d'avoir sauvé la vie de son ami. Elle s'était attachée au Lion Poltron, et son bonheur était grand de le voir tiré d'affaire.

Les mulots dételés s'égaillèrent dans les herbes hautes et rentrèrent chez eux. Bientôt, il ne resta plus que la Reine, qui offrit solennellement à Dorothée un petit sifflet bleu.

«Si vous avez de nouveau besoin de notre aide, déclara-t-elle, vous n'aurez qu'à vous poster à l'entrée d'un champ et nous appeler d'un coup de sifflet. Nous arriverons aussitôt pour vous aider. Adieu, donc!

— Adieu!» répondirent les trois amis en chœur.

La Reine disparut à son tour cependant que Dorothée, craignant une incartade de Toto, le tenait fermement serré contre elle.

Puis ils s'assirent auprès du Lion en attendant qu'il se réveille. L'Épouvantail avait cueilli des fruits pour Dorothée qui déjeuna de bon cœur.

10

Le Gardien des Portes

Le Lion Poltron, qui avait passé plusieurs heures parmi les effluves de coquelicots, dormit encore longtemps. Lorsque, enfin, il s'éveilla et roula du chariot sur le sol, il fut bien heureux de se retrouver en vie.

«J'ai couru le plus vite possible, dit-il dans un bâillement, mais ces fleurs ont eu raison de moi. Comment avez-vous fait pour me sortir de là?»

Ses amis lui expliquèrent leur rencontre avec les mulots qui avaient généreusement mis leurs forces à son service. Le Lion éclata de rire.

«Moi qui me croyais énorme et terrible, j'ai

failli perdre la vie pour avoir respiré le parfum des coquelicots, ces petites fleurs fragiles, et ce sont de minuscules mulots qui m'ont sauvé. Voilà qui est singulier ! Mais dites-moi, mes amis, qu'allons-nous faire maintenant ?

— Il faut continuer notre voyage et, pour ce faire, retrouver la route de briques jaunes, répondit Dorothée. Ainsi nous arriverons bientôt à la Cité d'Émeraude. »

Et, comme le Lion se sentait tout à fait rétabli, ils reprirent la route, tout heureux de marcher dans l'herbe tendre. Bientôt ils aperçurent la route de briques jaunes et s'y engagèrent, impatients d'arriver au repaire du Grand Oz.

Les dalles de la routes étaient régulières sous leurs pieds et, autour d'eux, un paysage riant s'étendait à perte de vue. Tout cela leur fit bientôt oublier la forêt sombre et sinistre ainsi que les dangers passés. À nouveau des barrières pimpantes bordaient le chemin, mais cette fois, elles étaient peintes en vert, et la première ferme qu'ils aperçurent était toute verte, elle aussi.

Au cours de l'après-midi, ils dépassèrent de nombreuses habitations semblables. Parfois des gens sortaient sur le pas de la porte et les regardaient avec curiosité, mais aucun d'entre eux ne se risqua à les approcher car ils avaient peur de l'énorme Lion qui fermait la marche.

Tous les habitants de cette contrée étaient vêtus de vert émeraude et portaient de jolis chapeaux pointus, comme les Munchkins.

« Nous voici sans doute arrivés au Pays d'Oz, dit Dorothée. La Cité d'Émeraude ne doit plus être très loin.

— Tu as raison, répondit l'Épouvantail. Tout est vert, par ici, alors qu'au pays des Munchkins on ne voyait que du bleu. Mais il me semble que les habitants de cette contrée sont moins accueillants. Je crains fort que nous ne trouvions aucun endroit où passer la nuit.

— Moi, reprit la petite fille, j'aimerais bien manger autre chose que des fruits. Et mon pauvre petit Toto, lui aussi, n'est pas loin de mourir de faim. Si nous nous arrêtions à la prochaine ferme ? Nous essaierons de lier connaissance avec des gens. »

Ainsi fut fait. Ils arrivèrent en vue d'une belle ferme et Dorothée s'avança bravement pour frapper à la porte.

Le visage d'une femme apparut dans l'embrasure.

« Que veux-tu, petite ? demanda-t-elle avec un regard méfiant. Et pourquoi voyages-tu en compagnie de ce gros lion ?

— Nous aimerions passer la nuit chez vous, si vous le voulez bien. Quant au Lion, c'est un très bon ami. Je vous promets qu'il ne vous fera aucun mal.

— Serait-ce un animal domestique ? s'enquit la femme en ouvrant sa porte un peu plus grand.

— Mais oui ! Et en outre, il est terriblement poltron. Il a bien plus peur de vous que vous de lui », affirma Dorothée.

La femme réfléchit un moment, tout en jetant des coups d'œil au Lion.

« C'est bon, dit-elle enfin. Je veux bien vous laisser entrer. Je vous donnerai à dîner et un lit pour dormir. »

Les cinq voyageurs pénétrèrent dans la maison. Il y avait là, outre la maîtresse de maison, deux enfants et un homme couché sur un divan avec une jambe cassée. Tous parurent fort surpris de voir entrer ces drôles d'invités et, pendant que la femme dressait la table du dîner, l'homme leur posa quelques questions.

« Quel est le but de votre voyage ?

— Nous allons à la Cité d'Émeraude, répondit Dorothée, pour voir le Grand Oz.

— Ma foi ! s'exclama l'homme. Pensez-vous qu'il vous recevra ?

— Pourquoi refuserait-il ?

— Eh bien... On dit qu'il n'accorde jamais d'audience à personne. Moi-même, j'ai été plusieurs fois à la Cité d'Émeraude. C'est une ville merveilleuse, d'une beauté à couper le souffle. Cependant, je n'ai jamais pu voir le Grand Oz, et je ne connais personne qui ait eu ce privilège.

— Mais il doit bien sortir de temps en temps, intervint l'Épouvantail.

— Jamais, figurez-vous. Il passe ses journées assis dans la grande Salle du Trône, au beau milieu de son palais, et même ceux qui briguent une audience ne sont pas autorisés à le voir en face.

— Mais à quoi ressemble-t-il ? demanda Dorothée.

— Difficile à dire. Oz est un grand Magicien, et il peut prendre n'importe quelle forme, à volonté. Certains disent qu'il ressemble à un oiseau, d'autres, à un éléphant, d'autres encore affirment qu'il a l'apparence d'un chat. Il s'est aussi montré sous les traits d'une jolie fée ou d'un lutin, ou sous n'importe quelle autre forme, à sa guise. Mais qui est-il en réalité? Cela, personne ne le sait.

— Voilà qui est étrange, remarqua Dorothée. Quoi qu'il en soit, nous essaierons par tous les moyens de le voir, car sans cela nous aurions fait ce grand voyage en vain.

— Mais que lui voulez-vous exactement?» demanda le fermier.

L'Épouvantail s'empressa de répondre:

«Moi, je voudrais qu'il me donne un cerveau et de l'intelligence!

— Oh, ce ne devrait pas être trop difficile, répliqua le fermier. De l'intelligence, il en a à revendre.

— Et moi, intervint l'Homme en Fer-blanc, je voudrais qu'il me donne un cœur.

— Rien de plus aisé. Oz possède une belle collection de cœurs de toutes tailles et en tous genres.

— Quant à moi, déclara le Lion Poltron, je voudrais qu'il me donne un peu de courage.

— Vous avez de la chance, fit l'homme. Oz

conserve justement une grande jarre de courage dans la Salle du Trône. Cette jarre est recouverte d'un plat d'or qui empêche le courage de s'échapper. Il sera ravi de vous en donner un peu.

— Moi, dit enfin Dorothée, j'aimerais qu'il me permette de retourner dans le Kansas. »

Cette fois, le maître de maison eut l'air interloqué.

« Le Kansas... Jamais entendu parler ! Où est-ce ?

— Je n'en ai aucune idée, répondit la petite fille avec tristesse. Mais c'est chez moi, et je sais que cela se trouve quelque part.

— Oh, reprit le fermier, je n'en doute pas ! D'ailleurs, Oz est tout-puissant, et j'imagine qu'il saura où se trouve ce Kansas inconnu de moi. Le plus difficile sera sans doute d'obtenir une entrevue, car ce grand Magicien refuse de recevoir qui que ce soit, et il n'est pas homme à se laisser convaincre... Mais dis-moi, toi, poursuivit-il en s'adressant à Toto, qu'est-ce que tu vas lui demander ? »

Le petit Toto se borna à remuer la queue car, aussi étrange que cela pût paraître, il ne savait pas parler.

Sur ces entrefaites, la fermière annonça que le dîner était prêt. Tous s'assirent autour de la table et Dorothée eut la joie de déguster un délicieux porridge accompagné d'œufs brouillés et de bon pain blanc.

Après une cuillerée de porridge, le Lion repoussa son assiette d'un air dégoûté en disant que c'était là une nourriture indigne de lui, et que les flocons d'avoine étaient bons pour les chevaux. L'Épouvantail et l'Homme en Fer-blanc, fidèles à leur habitude, s'abstinrent de manger ; quant à Toto, il goûta un peu de tout et en fut enchanté. C'était le meilleur repas qu'il eût dégusté depuis des jours.

Après dîner, la fermière donna un lit à Dorothée et Toto vint s'étendre auprès de sa maîtresse, pendant que le Lion gardait l'entrée de la chambre pour que personne ne vienne les déranger. L'Épouvantail et l'Homme en Fer-blanc se tinrent tranquilles dans un coin de la pièce et attendirent le matin, puisqu'il n'était pas dans leur nature de dormir.

Le lendemain, dès le lever du soleil, ils se remirent en route. Au premier tournant du chemin, ils aperçurent une superbe lueur verte à l'horizon.

« La Cité d'Émeraude ! » s'exclama Dorothée.

Au fur et à mesure qu'ils approchaient, la

lueur verte s'intensifiait, et ils marchaient avec une ardeur redoublée à l'idée que la fin du voyage était proche. Mais ils n'atteignirent leur but qu'en fin d'après-midi.

Un mur d'enceinte très épais et très haut, d'une superbe couleur verte, s'élevait autour de la Cité d'Émeraude. La route de briques jaunes aboutissait devant une porte monumentale sertie d'émeraudes qui jetaient de tels feux que même les yeux peints de l'Épouvantail en furent éblouis.

Dorothée avisa une sonnette sur un des montants et, lorsqu'elle l'actionna, un son de clochettes argentin se fit entendre. La lourde porte pivota lentement sur ses gonds. Les voyageurs franchirent le seuil et se retrouvèrent dans une haute salle voûtée dont les murs scintillaient d'émeraudes innombrables.

Devant eux se tenait un homme de la taille d'un Munchkin. Il était vêtu de vert de la tête aux pieds, et sa peau elle-même avait une teinte verdâtre. À ses pieds était posée une grande malle verte.

Il les accueillit par ces mots :

«Que venez-vous faire à la Cité d'Éme-raude ?

— Nous venons voir le Grand Oz », répondit Dorothée.

L'homme fut si surpris qu'il dut s'asseoir pour réfléchir.

« Voilà bien des années que personne n'a demandé à voir le Grand Oz, dit-il en hochant la tête d'un air perplexe. Sachez qu'il est puissant et terrible, et si la requête que vous avez à présenter est frivole ou stupide, il ne vous pardonnera pas d'avoir interrompu ses sages méditations. Dans sa colère, il pourrait bien vous détruire sur-le-champ.

— Mais notre requête est sérieuse, et elle n'a rien de stupide ! s'exclama l'Épouvantail. Il s'agit au contraire d'une question de première importance, et on nous a affirmé que le Grand Oz était un bon Magicien.

— On ne vous a pas menti, dit l'homme à la peau verte. Pour ce qui est de gouverner notre Cité, Oz s'acquitte de sa tâche avec toute la sagesse et la justice possible. Mais envers les malhonnêtes gens, ou ceux qui viennent le voir par pure curiosité, il sait se montrer impitoyable. Ils ne sont pas nombreux, ceux qui ont osé demander à le voir en face ! »

Après un court silence, il reprit :

« Je suis le Gardien des Portes de la Cité, et

puisque vous avez une requête à présenter à mon maître, il est de mon devoir de vous conduire au palais. Mais avant toute chose, vous devrez mettre des lunettes.

— Pourquoi ? demanda Dorothée.

— Parce que, sans lunettes, vous seriez aveuglés par le glorieux éclat de la Cité d'Émeraude. Même les habitants de la ville en portent nuit et jour. Toutes les paires de lunettes sont terminées par un cadenas, car Oz l'a voulu ainsi dès la fondation de la Cité, et je suis seul à posséder les clés qui permettent de les porter. »

Il ouvrit la grande malle et Dorothée aperçut des centaines de paires de lunettes de toutes tailles et de formes variées. Toutes portaient des verres verts.

Le Gardien des Portes lui tendit une paire à sa taille, dont les branches en or se rejoignaient derrière la tête au moyen d'un minuscule cadenas. Après avoir ajusté les lunettes sur le nez de Dorothée, le Gardien saisit une clé qui pendait à son cou et ferma le cadenas. Ainsi les lunettes furent fixées solidement : Dorothée était assurée de ne pas les perdre.

Certes, elle ne pouvait pas non plus les enlever à sa guise, mais comme elle n'avait

aucune envie d'être aveuglée par le scintillement des émeraudes, elle ne s'en formalisa
pas.

Puis l'homme à la peau verte trouva des
lunettes pour le Lion, pour l'Homme en Fer-
blanc et l'Épouvantail, et même pour le petit
Toto, et chaque fois il donna un tour de clé au
cadenas qui terminait les branches.

Puis il enfila sa propre paire de lunettes et
leur déclara :

« Je vous accompagne au palais. »

Il décrocha une immense clé dorée qui
pendait au mur, ouvrit une porte au fond de la
grande salle et les cinq voyageurs le suivirent
dans les rues de la Cité d'Émeraude.

11

La fabuleuse Cité d'Émeraude

Malgré les verres protecteurs de leurs lunettes, Dorothée et ses amis furent d'abord éblouis par le scintillement incomparable de la merveilleuse Cité d'Émeraude. Les rues étaient bordées de magnifiques maisons en marbre vert, toutes ornées d'émeraudes étincelantes.

Le sol sur lequel ils marchaient était pavé du même marbre vert et chacune des dalles était sertie, sur chaque côté, d'une rangée de petites gemmes qui jetaient des éclats verts dans la lumière. Les fenêtres s'ornaient de vitraux de même couleur, et le ciel lui-même avait un reflet vert, ainsi que les rayons du soleil.

Dans les rues se pressait une foule d'hommes, de femmes et d'enfants, tous vêtus de vert, et dont la peau avait la même teinte verdâtre que celle du Gardien des Portes. L'allure étrange de Dorothée et de ses amis provoqua la surprise générale. Les enfants, à la vue du Lion, couraient se cacher dans les jupes de leur mère. Personne ne leur adressa la parole.

Dorothée remarqua plusieurs boutiques qui ne proposaient que des articles de couleur verte : des bonbons verts, du pop-corn vert, des chaussures et des vêtements verts. À l'angle d'une rue, un homme vendait de la limonade verte, et les enfants la lui payaient avec des pièces de monnaie vertes.

Il semblait n'y avoir ni chevaux ni animaux d'aucune autre espèce. Les hommes transportaient leurs effets dans de petites charrettes vertes qu'ils poussaient devant eux. Tous les habitants de la cité avaient l'air heureux et prospères.

Le Gardien des Portes conduisit les voyageurs à travers un dédale de rues jusqu'au centre exact de la ville où s'élevait un immense bâtiment : c'était le Palais du Grand Oz. Un soldat en uniforme vert, qui portait une longue barbe et des moustaches vertes, en gardait l'entrée.

« Je t'amène des étrangers qui demandent à voir le Grand Oz, dit le Gardien des Portes.

— Entrez, répondit la sentinelle. Je vais porter votre message au maître. »

Ils franchirent les portes du Palais et furent introduits dans une antichambre où des meubles sertis d'émeraudes trônaient sur un tapis céladon. Le soldat leur désigna un paillasson vert où s'essuyer les pieds et leur indiqua des sièges.

« Mettez-vous à l'aise, dit-il poliment. Je m'en vais en Salle du Trône annoncer à Oz que vous attendez d'être reçus. »

Ils attendirent longtemps. Enfin la sentinelle revint.

« Avez-vous vu Oz ? demanda Dorothée.

— Oh non ! Je ne l'ai jamais vu de ma vie, à vrai dire. Mais il se tenait derrière son paravent et je lui ai transmis votre message. Il a répondu qu'il vous accorderait l'audience demandée, mais à cette condition : chacun de vous devra le rencontrer seul, et il ne recevra qu'une personne par jour. Vous devrez donc

rester quelque temps au Palais. On vous donnera une chambre à chacun, vous pourrez ainsi vous reposer de votre long voyage.

— Merci beaucoup, repartit la petite fille. Oz est très généreux. »

La sentinelle souffla dans un sifflet vert pendu à son cou et une jeune fille apparut, vêtue d'une belle robe de soie verte. Elle avait de superbes cheveux verts et des yeux verts également.

Cette jeune fille s'inclina devant Dorothée et lui dit :

« Suivez-moi, je vais vous montrer votre chambre. »

Dorothée prit donc congé de ses amis et, portant Toto dans ses bras, elle suivit la jeune fille verte. Celle-ci lui fit traverser sept couloirs et monter trois étages pour la conduire dans une pièce située à l'avant du Palais.

C'était la plus jolie petite chambre que Dorothée ait jamais vue : le lit moelleux avait des draps de soie vert pâle et une courte-pointe de velours vert émeraude. Au centre de la pièce, on avait aménagé une fontaine d'où surgissait un jet de parfum qui retombait dans une vasque de marbre vert élégamment sculptée.

Les fenêtres s'ornaient de ravissantes fleurs vertes et des livres reliés de cuir vert s'alignaient sur une étagère. Lorsque Dorothée eut le loisir d'ouvrir ces livres, elle y trouva une multitude d'illustrations amusantes à l'encre verte qui la firent beaucoup rire.

Dans le placard, de nombreuses robes vertes attendaient la petite fille. Elles étaient toutes de soie ou de velours, et toutes lui allaient à la perfection.

« Faites exactement comme chez vous, lui dit la jeune fille verte, et si vous avez besoin de quoi que ce soit, n'hésitez pas à sonner. Oz vous accordera une audience demain matin. »

Puis elle quitta Dorothée pour aller s'occuper des autres voyageurs. L'Épouvantail, le Lion et l'Homme en Fer-blanc se virent attribuer chacun une chambre parmi les plus confortables du Palais.

Cette délicate attention fut perdue pour l'Épouvantail : une fois seul dans sa chambre, il ne trouva rien de mieux à faire que de se planter dans un coin, près de la porte pour attendre bêtement le lendemain.

Il n'avait que faire de s'allonger, puisqu'il ne se reposait pas mieux ainsi, et quant à fermer ses yeux peints, cela lui était impossible. Il passa donc la nuit entière à regarder fixement une araignée tisser sa toile dans un coin de la pièce, insouciant du luxe qui l'entourait.

L'Homme en Fer-blanc, lui, se coucha dans son lit sans réfléchir : il avait gardé cette habitude du temps où il était encore un homme en chair et en os. Mais, incapable de dormir, il passa la nuit à faire fonctionner ses articulations pour être bien sûr qu'elles n'étaient pas rouillées.

Le Lion aurait préféré un lit de feuilles sèches dans la forêt, et il n'aimait guère l'idée d'être enfermé dans une chambre, mais il était trop philosophe pour s'en inquiéter. Il sauta donc sur son lit et se roula en boule comme un chat. Au bout de quelques minutes, il dormait en ronronnant.

Le lendemain matin, après le petit déjeuner, la jeune fille verte vint chercher Dorothée et l'aida à enfiler une des plus jolies tenues qu'elle trouva dans le placard. C'était une robe de brocart d'un vert intense, à laquelle la petite fille assortit un tablier de soie vert vif. Enfin elle noua un ruban vert au cou de Toto : ils étaient prêts à se rendre à la Salle du Trône où le Grand Oz les attendait.

Ils traversèrent d'abord une longue antichambre où les dames et les seigneurs de la cour se tenaient tous rassemblés, vêtus de costumes somptueux. Ils passaient le temps à converser entre eux, car tous les matins ils venaient ainsi attendre devant la Salle du Trône sans jamais recevoir l'autorisation d'entrer. Lorsque Dorothée fit son apparition, ils la dévisagèrent avec curiosité.

L'un d'entre eux murmura :

« Est-il vrai que vous allez contempler la face du Terrible Magicien Oz ?

— Mais oui, dit la petite fille, si toutefois il veut bien me recevoir.

— C'est entendu, il vous verra, intervint la sentinelle aux moustaches vertes qui avait porté le message la veille. Pourtant, il n'aime guère qu'on demande à le rencontrer. Lorsque je lui ai parlé de vous, il a commencé par se mettre en colère et m'a ordonné de vous renvoyer, puis il s'est un peu radouci et m'a demandé de vous décrire. C'est au moment où j'ai mentionné vos Souliers d'Argent qu'il a changé d'attitude. Alors je lui ai dit que vous portiez la marque de la Sorcière du Nord sur le front. Cet argument l'a décidé à vous accorder une audience. »

La sentinelle n'avait pas plus tôt fini son discours qu'une sonnerie retentit.

«Voici le signal, dit la jeune fille verte. Entrez dans la Salle du Trône, Dorothée, et entrez-y seule. »

Elle ouvrit une petite porte et Dorothée s'avança bravement. Le spectacle qu'elle découvrit l'émerveilla : la Salle du Trône était ronde, haute et voûtée ; les murs, le plafond et le sol étaient entièrement tapissés d'émeraudes gigantesques. Du haut du plafond descendait une lumière aussi vive que celle du soleil qui jetait des éclats extraordinaires dans ces pierres précieuses.

Mais la petite fille remarqua surtout un trône de marbre vert aux dimensions imposantes, en plein milieu de la salle. Ce trône serti d'émeraudes, qui avait la forme d'un fauteuil, jetait des feux plus brillants que tout le reste, et au centre du siège une Tête géante attendait... Une tête dépourvue de bras, de jambes et de corps !

Le crâne était chauve, mais le reste du visage offrait une apparence tout à fait normale, avec deux yeux, un nez et une bouche. Cependant, cette Tête était plus énorme que celle du plus immense géant.

Dorothée demeura interdite, paralysée par l'étonnement et l'effroi. Bientôt les yeux de ce visage monstrueux se tournèrent vers elle avec lenteur et la regardèrent sans ciller. Puis les immenses lèvres remuèrent, et la petite fille entendit une voix qui disait :

« Je suis Oz, Tout-Puissant et Terrible. Qui es-tu, et que me veux-tu ? »

La voix n'était pas si affreuse que Dorothée l'aurait cru. Elle rassembla tout son courage et répondit :

« Je suis Dorothée, Toute-Petite et Humble. Je viens vous demander votre aide. »

Les yeux du Grand Oz la contemplèrent avec attention une minute entière. Puis la voix s'éleva de nouveau :

« D'où tiens-tu ces Souliers d'Argent ?

— Je les ai pris à la Vilaine Sorcière de l'Est, car ma maison lui est tombée dessus et l'a tuée.

— Et cette marque sur ton front, d'où vient-elle ?

— C'est la bonne Sorcière du Nord qui m'a donné un baiser d'adieu lorsque, sur ses conseils, je me suis mise en route pour venir vous voir. »

À nouveau les yeux du Magicien la transpercèrent jusqu'au fond de l'âme, et ils virent qu'elle disait vrai.

« Qu'attends-tu de moi ? demanda Oz.

— Je voudrais retourner dans le Kansas où vivent ma Tante Em et mon Oncle Henry, répondit-elle avec sincérité. Je n'aime pas tellement votre pays, si beau soit-il, et je suis sûre que ma pauvre Tante Em se fait un souci affreux depuis que je suis partie. »

Les paupières du Grand Oz battirent par trois fois, puis il roula des yeux en toutes directions, comme s'ils voulaient embrasser toute la pièce d'un seul coup. Enfin le regard revint se poser sur Dorothée.

« Et pourquoi devrais-je t'aider ?

— Parce que vous êtes tout-puissant, et moi toute petite, parce que vous êtes un Grand Magicien, et moi une petite fille sans défense.

— Pourtant, tu as réussi à tuer la Vilaine Sorcière de l'Est !

— Ce n'était pas ma faute, protesta Dorothée. Ma maison lui est tombée dessus, voilà tout.

— Très bien. Je vais te donner ma réponse : tu n'as aucun droit à prétendre que je te renvoie au Kansas à moins de faire quelque chose pour moi en échange. Dans ce pays, il faut payer pour obtenir ce que l'on demande. Si tu veux que j'utilise mes pouvoirs magiques pour te renvoyer chez toi, il faudra me rendre service d'abord. Aide-moi et je t'aiderai.

— Que dois-je faire ?

— Éliminer la Vilaine Sorcière de l'Ouest.

— Mais j'en suis incapable ! s'exclama Dorothée au comble de la surprise.

— Tu as tué la Vilaine Sorcière de l'Est et tu portes ses souliers d'argent, qui contiennent un pouvoir magique. Il ne reste désormais plus qu'une seule Vilaine Sorcière dans tout le pays. Eh bien, lorsque tu viendras m'annoncer que tu l'as mise hors d'état de nuire, je te renverrai au Kansas... Mais pas avant. »

La déception était si forte que la petite fille se mit à pleurer. Oz cligna ses gros yeux et la regarda d'un air compréhensif, comme s'il ne doutait plus de sa bonne volonté.

« Je n'ai jamais tué personne, pas même un insecte, sanglota Dorothée, et quand bien même je le voudrais, comment pourrais-je venir à bout de la Vilaine Sorcière ? Si vous, le Tout-Puissant et Terrible, vous ne l'avez pas encore fait, comment voulez-vous que j'y parvienne ?

— Je n'en sais rien, mais ma réponse demeure la même. Tant que la Vilaine Sorcière sera en vie, tu ne reverras ni ton oncle ni ta tante. Cette sorcière est extrêmement dangereuse et il faut l'éliminer à tout prix. Maintenant, va-t'en, et ne demande pas à me voir tant que tu n'auras pas accompli ta tâche. »

Le cœur lourd, Dorothée quitta la Salle du Trône. Dehors, le Lion, l'Épouvantail et l'Homme en Fer-blanc l'attendaient, impatients de savoir ce que le Grand Oz lui avait dit.

« J'ai perdu tout espoir, dit-elle. Oz refuse de me renvoyer chez moi si je ne parviens pas à tuer la Vilaine Sorcière de l'Ouest, et je sais que j'en suis incapable. »

Ses amis en furent désolés, mais malheureusement, ils ne pouvaient rien faire pour elle. Elle rentra donc dans sa chambre, s'effondra sur son lit et pleura si fort qu'elle s'endormit.

Le lendemain matin, le soldat aux moustaches vertes entra dans la chambre de l'Épouvantail et lui dit :

« Suivez-moi. Oz veut vous voir. »

L'Épouvantail s'en alla donc avec lui et

découvrit, sur le trône d'émeraude, une femme ravissante drapée dans une robe de gaze verte. Un diadème serti de pierres précieuses couronnait ses longs cheveux verts. Dans son dos se déployaient deux ailes immenses, toutes chamarrées, et si légères qu'elles palpitaient au moindre souffle de brise.

L'Épouvantail s'inclina aussi gracieusement qu'il le put devant cette créature céleste. Elle le regarda avec douceur et déclara :

« Je suis Oz, Toute-Puissante et Terrible. Qui es-tu, et que me veux-tu ? »

L'Épouvantail s'était attendu à voir apparaître la Tête géante dont Dorothée lui avait parlé. Malgré sa surprise, il répondit bravement :

« Je ne suis qu'un Épouvantail bourré de paille. Je n'ai donc pas de cervelle, et je suis venu vous prier de m'en accorder une. Cela me rendrait intelligent et ferait de moi un homme à part entière, comme tous ceux qui habitent cette contrée.

— Pourquoi ferais-je une chose pareille ? demanda la belle Dame.

— Parce que vous êtes Sage et Toute-

Puissante, et que personne d'autre ne peut me venir en aide.

— Je n'accorde jamais aucune faveur sans exiger quelque chose en retour, mais je peux promettre de grandes choses, déclara-t-elle. Si tu élimines la Vilaine Sorcière de l'Ouest, je te ferai don d'un cerveau exceptionnel qui fera de toi l'homme le plus sage de tout le Pays d'Oz.

— Mais... Je croyais que vous aviez déjà chargé Dorothée de tuer la Sorcière, répondit l'Épouvantail étonné.

— En effet. À vrai dire, peu m'importe qui la tuera, mais je ne t'accorderai rien tant qu'elle continuera à sévir. Retire-toi, maintenant, et ne reviens pas me voir avant d'avoir mérité ce cerveau que tu désires tant. »

L'Épouvantail, tout triste, s'en fut retrouver ses amis. Il leur rapporta sa conversation avec Oz ; Dorothée fut bien surprise de savoir que le Grand Magicien avait pris, cette fois, la forme d'une belle Dame.

« Belle Dame ou non, conclut l'Épouvantail, elle n'a pas plus de cœur que notre ami l'Homme en Fer-blanc ! »

Le lendemain matin, le soldat aux mous-

taches vertes vint chercher l'Homme en Fer-
blanc et lui dit :

« Suivez-moi. Oz veut vous voir. »

L'Homme en Fer-blanc se rendit donc à la
Salle du Trône, tout en se demandant qui
l'accueillerait, de la Tête géante ou de la jolie
Dame. Il aurait préféré que ce fût la Dame.

« En effet, se disait-il, cette Tête géante n'a
pas de corps, et, partant, pas de cœur. Elle sera
donc impitoyable et n'accédera pas à ma
demande, alors que la belle Dame, comme
toutes ses semblables et quoi qu'en dise
l'Épouvantail, doit avoir un cœur sensible. Je
l'attendrirai à force de suppliques. »

Mais lorsque l'Homme en Fer-blanc entra, il
ne vit ni Tête géante ni belle Dame. Oz avait
choisi de prendre la force d'une Bête effroyable, aussi grande qu'un éléphant, et qui
menaçait de faire chanceler le trône d'émeraude sous son poids.

Cette Bête avait la face d'un rhinocéros, avec
cinq petits yeux, cinq grands bras et cinq
jambes longues et maigres. Un pelage épais et
laineux la recouvrait des pieds au sommet du
crâne. En somme, on ne pouvait imaginer de
monstre plus hideux.

L'Homme en Fer-blanc se félicita, pour une

fois, de n'avoir pas de cœur, car sous l'effet de la terreur, il aurait risqué la crise cardiaque. Mais, n'étant fait que de fer-blanc, il ne connaissait pas la peur. La seule chose qu'il ressentit en voyant cette Bête fut une grande déception.

«Je suis Oz, Tout-puissant et Terrible, déclara la Bête dans un grondement effroyable. Qui es-tu, et que me veux-tu?

— Je suis bûcheron de mon état et j'ai été tout entier rafistolé en fer-blanc. Il s'ensuit que je n'ai plus de cœur, et partant, que je ne peux plus aimer. Je vous supplie de me donner un cœur, car je veux redevenir un homme à part entière.

— Et pourquoi ferais-je une telle chose? interrogea la Bête.

— Parce que je vous le demande, et que vous êtes le seul à pouvoir exaucer mon plus cher désir.»

À ces mots, Oz gronda sourdement, mais il dit tout de même, d'un ton rogue:

«Si vraiment tu veux un cœur, il va falloir le gagner.

— Et comment?

— En aidant Dorothée à me débarrasser de la Vilaine Sorcière de l'Ouest. Une fois qu'elle sera morte, reviens me voir. Je te donnerai le cœur le plus généreux, le plus tendre et le plus aimant de tout le Pays d'Oz. »

Et voilà comment l'Homme en Fer-blanc s'en retourna, tout triste, vers ses amis. Lorsqu'il leur décrivit la Bête effroyable, tous s'ébahirent des formes variées que le Grand Magicien pouvait prendre à volonté.

« Quel que soit le déguisement qu'il choisisse pour me recevoir, déclara le Lion, j'en fais mon affaire. Si jamais je rencontre cette Bête, je rugirai si fort qu'elle prendra peur et m'accordera tout ce que je lui demanderai. Si Oz décide de se montrer à moi sous la forme de la belle Dame, je lui sauterai à la gorge et je la forcerai à m'obéir. Enfin si j'ai affaire à sa Tête géante, il n'en sera pas moins à ma merci : je ferai rouler cette Tête dans toute la salle jusqu'à ce qu'il promette de me donner du courage. Réjouissez-vous, mes amis, car je ne tarderai pas à obtenir satisfaction. »

Le lendemain matin, le soldat aux moustaches vertes conduisit le Lion devant la Salle du Trône et le pria d'entrer pour rencontrer le Grand Oz.

Le Lion franchit donc la petite porte et, au premier coup d'œil, découvrit une énorme

Boule de Feu qui flambait au-dessus du trône avec tant de violence qu'il pouvait à peine la regarder en face. Il pensa d'abord que le Grand Oz avait pris feu par accident et s'approcha pour mieux voir ce qu'il en était. Mais la chaleur du feu était si intense qu'il sentit ses moustaches roussir. Effrayé, il recula en tremblant vers la porte.

Alors une voix calme et bien timbrée surgit de la Boule de Feu et prononça ces paroles :

« Je suis Oz, Tout-Puissant et Terrible. Qui es-tu et que me veux-tu ?

— Je suis un Lion Poltron, j'ai peur de tout. Je suis venu vous prier de m'accorder un peu de courage. Ainsi je pourrai vraiment tenir mon rôle de Roi des Animaux, puisque c'est ainsi que les hommes me nomment.

— Et pourquoi te donnerais-je du courage ? questionna Oz.

— Parce que vous êtes le plus grand des Magiciens, et que vous seul avez le pouvoir d'accéder à ma requête. »

La Boule de Feu jeta quelques flammes plus hautes que les autres et répondit :

« Apporte-moi la preuve que la Vilaine Sorcière de l'Ouest est morte. Alors, et seule-ment alors, je te donnerai du courage. Mais aussi longtemps que la Sorcière aura un souffle de vie, tu demeureras un poltron. »

Ce discours mit le Lion très en colère, mais il ne trouva rien à répliquer. Il resta donc quelques instants à contempler la Boule de Feu d'un air fâché. Bientôt, celle-ci se réchauffa si fort qu'il dut faire demi-tour et sortir en courant de la pièce. Il fut bien heureux de trouver ses amis qui l'attendaient à la sortie, et s'empressa de leur raconter son entrevue avec le Magicien.

« Qu'allons-nous faire ? demanda Dorothée consternée.

— Il n'y a qu'une chose à faire, décida le Lion, c'est de nous rendre au pays des Winkies. Là, nous traquerons la Vilaine Sorcière pour la détruire.

— Mais si nous n'y parvenons pas ? fit Dorothée.

— Alors je n'aurai jamais de courage, déclara le Lion.

— Et moi, jamais de cœur, ajouta l' Homme en Fer-blanc.

— Je ne serai jamais intelligent, soupira l'Épouvantail.

— Et moi, je ne reverrai jamais Oncle

Henry ni Tante Em!» s'écria Dorothée en se mettant à pleurer.

La jeune fille verte, qui assistait à la conversation, poussa un cri d'alerte :

«Attention! Si vous continuez à pleurer, vous allez tacher votre belle robe de brocart. »

Dorothée sécha ses larmes.

«Il faut bien essayer, pourtant, murmurat-elle. Mais moi, je ne veux tuer personne, pas même pour retrouver ma Tante Em.

— Je viendrai avec toi, dit le Lion, mais je suis trop poltron pour m'attaquer à la Sorcière.

— Moi aussi, je viendrai, promit l'Épouvantail, mais je suis si bête... Je ne vois pas en quoi je pourrai t'aider.

— Je n'ai pas le cœur à tuer qui que ce soit, même une méchante Sorcière, fit remarquer l'Homme en Fer-blanc, mais si vous allez au pays des Winkies, je vous suivrai. »

Ils décidèrent donc de se mettre en route dès le lendemain matin. L'Homme en Ferblanc affûta sa hache sur une meule verte et huila ses articulations avec soin. L'Épouvantail renouvela son rembourrage avec de la paille neuve et Dorothée lui repeignit les yeux pour qu'il puisse y voir plus clair. La jeune fille verte, qui s'était prise d'affection pour les cinq amis, remplit leur panier de bonnes choses à manger et accrocha au cou de Toto une clochette nouée à un ruban vert.

Ils se couchèrent tôt et dormirent profondément jusqu'au lendemain matin. Le cocorico d'un coq vert, qui vivait dans une ferme attenante au Palais, et le caquètement d'une poule qui venait de pondre un œuf tout vert, les réveillèrent dès le lever du soleil.

12

À la recherche
de la Vilaine Sorcière

Le soldat aux moustaches vertes conduisit les voyageurs à travers les rues de la Cité d'Émeraude, et bientôt ils atteignirent les portes de la ville où le Gardien se trouvait toujours. Celui-ci déverrouilla les lunettes qu'ils portaient sur le nez, les remit dans la grande malle et leur ouvrit poliment les portes vers l'extérieur.

« Quelle route faut-il prendre pour se rendre chez la Vilaine Sorcière de l'Ouest ? demanda Dorothée.

— Il n'y a pas de route qui conduise là-bas, répondit le Gardien. Personne n'est assez fou pour vouloir s'y risquer.

— Alors comment trouverons-nous la Sorcière ?

— C'est très simple : dès que vous aurez mis un pied au pays des Winkies, elle vous aura repérés et elle se précipitera sur vous pour vous réduire en esclavage.

— Je n'en suis pas si sûr, répliqua l'Épouvantail. Nous avons l'intention de l'éliminer, figurez-vous.

— Oh !... Dans ce cas, c'est différent, dit le Gardien des Portes. Personne n'a jamais cherché à l'éliminer, voilà pourquoi j'ai d'abord pensé qu'elle vous réduirait en esclavage, car c'est ainsi qu'elle se comporte d'ordinaire. Soyez prudents, toutefois. Elle est vraiment mauvaise et rusée, et j'imagine qu'elle ne se laissera pas attaquer sans se défendre. Marchez tout droit vers l'Ouest, où le soleil se couche, et vous la trouverez. »

Les cinq compagnons remercièrent le Gardien des Portes et lui firent leurs adieux, puis ils se mirent en route vers l'Ouest en marchant à travers champs.

Les prés étaient semés de marguerites et de boutons-d'or. Dorothée avait gardé la belle robe de brocart qu'on lui avait donnée au Palais, mais une fois sortie de la Cité d'Émeraude, elle eut la surprise de s'apercevoir que sa robe était devenue d'un blanc immaculé. Le ruban que Toto portait autour du cou était blanc, lui aussi, comme la robe de sa maîtresse.

Ils eurent bientôt perdu de vue la Cité. À mesure qu'ils marchaient, le terrain se faisait plus accidenté : la terre était inculte, car la Contrée de l'Ouest ne comptait aucun fermier parmi ses habitants.

L'après-midi arriva. Le soleil brûlant leur cuisait le visage, il n'y avait aucun arbre en vue qui pût leur offrir l'abri de ses frondaisons. Dorothée, Toto et le Lion furent donc épuisés bien avant la tombée du jour, ils s'allongèrent dans l'herbe et s'endormirent. Le bûcheron et l'Épouvantail montaient la garde.

Or, la Vilaine Sorcière de l'Ouest n'avait qu'un seul œil, mais cet œil était aussi puissant qu'un télescope, de sorte qu'elle pouvait voir tout ce qui se passait sur ses terres. Assise à la porte de son château tout jaune, elle scrutait l'horizon, comme tous les soirs.

Elle eut tôt fait de découvrir Dorothée endormie dans l'herbe et entourée de ses amis. Bien sûr, ils étaient encore loin, mais ils avaient déjà franchi la frontière de la Contrée de l'Ouest, et la Vilaine Sorcière entra dans une rage noire. Elle saisit un sifflet d'argent qui pendait sur sa poitrine et souffla dedans de toutes ses forces.

Aussitôt, une meute de loups se pressa vers elle, venus des quatre coins du pays. Ils avaient de longues jambes, des yeux méchants et des dents pointues.

« Allez me chercher ces intrus, ordonna la Sorcière, et faites-en de la bouillie.

— Ne préféreriez-vous pas les réduire en esclavage ? demanda le chef de la meute.

— Non. Il n'y a qu'un bonhomme de paille, un autre en fer-blanc, une gamine et un lion. Ils feraient de piètres esclaves, alors déchiquetez-les-moi en petits morceaux.

— Très bien », répondit le loup.

Et il détala à toute vitesse, suivi de ses camarades.

Par bonheur, l'Épouvantail et l'Homme en Fer-blanc étaient tout à fait éveillés. Ils entendirent les loups arriver.

« Un combat se prépare, j'en fais mon affaire ! déclara l'Homme en Fer-blanc. Tiens-toi à l'écart, mon ami. Je me charge de ces loups. »

Sur ces mots, il brandit sa hache au tranchant effilé.

Lorsque le chef des loups arriva en vue, il lui coupa la tête d'un seul coup et le tua sur-le-champ. Il n'en eut pas plus tôt terminé avec celui-ci qu'un autre arriva, auquel il fit subir le même sort.

Quarante loups tombèrent ainsi sous la hache de l'Homme en Fer-blanc, si bien qu'au bout du compte notre héros se retrouva en face d'un énorme tas de loups morts.

Il posa sa hache et revint s'asseoir auprès de l'Épouvantail qui déclara :

« Ce fut un beau combat, mon ami ! »

Puis ils attendirent le matin. Lorsque Dorothée s'éveilla, elle eut un sursaut de terreur en découvrant le tas de cadavres hirsutes, mais l'Homme en Fer-blanc lui expliqua ce qui s'était passé. Elle se confondit en remerciements et mangea tranquillement son petit déjeuner, suite à quoi ils reprirent leur chemin.

Or, ce matin-là, la Vilaine Sorcière sortit de nouveau sur le seuil de son château jaune pour observer les alentours de son œil unique et puissant. Lorsqu'elle aperçut le tas de loups morts et les intrus qui marchaient en chantant à travers les champs, sa colère redoubla et derechef elle siffla deux coups dans son sifflet d'argent.

Aussitôt un vol de corbeaux sauvages arriva à tire-d'aile, si nombreux qu'ils obscurcirent le ciel. La Vilaine Sorcière s'adressa au Roi des corbeaux :

« Une bande d'intrus marche vers moi, dit-elle. Volez de toute la vitesse de vos ailes, arrachez-leur les yeux et déchiquetez-les en petits morceaux. »

Les corbeaux prirent leur envol et se dirigèrent vers nos cinq amis. Dorothée aperçut la noire nuée dans le ciel et poussa un cri d'angoisse.

Mais l'Épouvantail déclara :

« Un combat se prépare, j'en fais mon affaire ! Couchez-vous par terre, je me charge de ces corbeaux. »

Ils se couchèrent tous et l'Épouvantail demeura seul debout, bien droit, les bras levés. En l'apercevant, les corbeaux prirent peur, comme de juste, et ils n'osèrent pas aller plus loin. Mais le Roi des corbeaux les exhorta :

« Ce n'est qu'un pantin bourré de paille ! Je vais lui arracher les yeux. »

Et, sur ces mots, il se précipita vers l'Épouvantail. Celui-ci l'attrapa en plein vol et lui tordit le cou : le Roi des corbeaux tomba raide mort à ses pieds. Puis un autre corbeau se jeta sur lui, et il subit le même sort.

Il y avait quarante corbeaux, et l'Épouvantail leur tordit le cou à tous, si bien qu'il se retrouva avec un tas de corbeaux morts à ses pieds. Alors il dit à ses compagnons de se relever, et tous continuèrent leur voyage.

Lorsque la Vilaine Sorcière découvrit ses corbeaux morts entassés dans le champ, elle entra dans une rage épouvantable et souffla trois fois dans son sifflet d'argent.

Dans la seconde qui suivit, un énorme essaim d'abeilles noires se pressa autour d'elle en bourdonnant.

« Allez me chercher ces intrus, éructa la Vilaine Sorcière, et percez-les de vos dards ! »

Les abeilles s'en allèrent à la vitesse de l'éclair. Ce fut l'Homme en Fer-blanc qui les aperçut le premier, et l'Épouvantail s'écria :

« Vite, bûcheron ! Vide-moi de ma paille et recouvres-en Dorothée, Toto et le Lion. Les abeilles ne les verront pas. »

L'Homme en Fer-blanc s'exécuta. Dorothée,

Toto et le Lion se serrèrent les une contre les autres et il les camoufla sous une petite meule de paille.

Lorsque les abeilles arrivèrent, elles ne trouvèrent que le bûcheron à piquer. Elles se jetèrent toutes sur lui, mais leurs dards se brisèrent contre le fer-blanc. Or on sait que les abeilles ne peuvent survivre sans leur dard. Elles tombèrent donc en une masse compacte autour de l'Homme en Fer-blanc, comme de petits tas de charbon.

Dorothée et le Lion émergèrent de leur meule de paille et aidèrent l'Homme en Fer-blanc à rembourrer l'Épouvantail, à la suite de quoi ils reprirent leur route.

La Vilaine Sorcière devint si furieuse en voyant ses abeilles entassées par terre comme de petits tas de charbon qu'elle se mit à taper des pieds, à grincer des dents et à s'arracher les cheveux.

Puis elle appela une douzaine d'esclaves, tous des Winkies, à qui elle distribua des armes effilées en leur intimant l'ordre d'aller découper les intrus en petits lamelles.

Tous ces Winkies étaient doux et pusillanimes, mais il leur fallait bien obéir à la Sorcière. Ils marchèrent donc sus à l'ennemi.

Dès qu'ils arrivèrent en vue, le Lion poussa un rugissement épouvantable et se jeta sur eux. Les pauvres Winkies furent saisis d'une telle panique qu'ils s'enfuirent à toutes jambes.

Lorsqu'ils revinrent au château de la Vilaine Sorcière, celle-ci les corrigea à coups de fouet et les renvoya au travail. Puis elle s'assit pour réfléchir à la situation. Elle ne parvenait pas à comprendre pourquoi toutes ses tentatives avaient échoué. Comment se débarrasser de ces intrus ? Elle était bien assez méchante et bien assez puissante pour trouver quelque chose... Au bout de quelques instants, un nouveau plan germa dans son esprit tordu.

La Sorcière conservait dans son armoire une toque en or cerclée de rubis et de diamants. Cette Toque d'Or était enchantée : quiconque la possédait pouvait appeler à l'aide les Singes Ailés qui, par trois fois, obéiraient à ses ordres.

Mais le charme n'opérait que trois fois... Et la Vilaine Sorcière avait déjà utilisé deux fois les services des Singes Ailés.

Une première fois, elle s'était servie d'eux pour réduire les Winkies en esclavage et se rendre maîtresse du pays. La seconde fois, elle s'était attaquée au Grand Oz en personne et l'avait chassé de la Contrée de l'Ouest. Chaque fois, les Singes Ailés lui avaient obéi sans mot dire.

Si elle utilisait une fois de plus les pouvoirs de la Toque d'Or, ce serait la dernière. Voilà pourquoi elle avait gardé cette solution pour la fin, tous ses autres maléfices ayant échoué. Les loups, les corbeaux et les abeilles gisaient morts, les esclaves étaient partis en courant, il ne lui restait plus que ce moyen d'éliminer Dorothée et ses amis.

La Vilaine Sorcière saisit la Toque d'Or et la posa sur sa tête, puis elle se tint en équilibre sur le pied gauche et déclama lentement les paroles magiques :

« Ep-pe, Pe-ppe, Ka-kke ! »

Ensuite elle se reposa sur son pied droit et dit :

« Hil-lo, Hol-lo, Hel-lo ! »

Puis, revenant sur ses deux pieds, elle hurla :

« Ziz-zy, Zuz-zy, Zik ! »

Et la magie opéra. Le ciel s'obscurcit, un grondement sourd retentit dans l'air. On entendit d'abord un froissement d'ailes, puis un bruit de conversations et de rires, et enfin le soleil émergea dans le ciel. La Vilaine

Sorcière se trouva entourée d'une foule de singes, tous dotés d'ailes immenses et puissantes.

L'un d'entre eux, plus grand que tous les autres (c'était leur chef), s'approcha de la Vilaine Sorcière.

« Voici la troisième et la dernière fois que tu nous appelles, dit-il. Que veux-tu ?

— Des intrus ont pénétré sur mes terres, répondit-elle. Détruisez-les tous, mais ramenez-moi le Lion vivant. J'ai décidé de le réduire en esclavage : une fois harnaché, je le ferai travailler comme un vulgaire cheval. »

Et elle se mit à ricaner à cette idée.

« Il en sera fait selon ta volonté », déclara le chef.

Alors, dans un grand fracas de conversations et de rires, les Singes Ailés s'envolèrent à la rencontre des cinq voyageurs.

Deux d'entre eux saisirent l'Homme en Fer-blanc et l'emportèrent dans les airs. Arrivés en vue d'un terrain recouvert de rochers coupants, ils larguèrent leur malheureuse victime sur les rochers. L'Homme en Fer-Blanc tomba dans un grand bruit de casseroles entrechoquées, et se retrouva tellement cabossé qu'il ne pouvait plus faire le moindre mouvement, ni même articuler un mot.

Deux autres Singes s'emparèrent de l'Épouvantail et, de leurs longs doigts agiles, le dépouillèrent de sa paille. Puis ils chiffonnèrent son chapeau, ses bottes et ses vêtements, et les jetèrent dans les branches d'un arbre.

Le reste de la bande s'attaqua au Lion. Ils le ligotèrent avec de grosses cordes, si bien que le malheureux se retrouva saucissonné, incapable de mordre, de donner des coups de patte ou de se défendre. Puis ils l'enlevèrent dans les airs et le transportèrent au château de la Vilaine Sorcière. Là, on l'enferma dans une petite cour entourée d'une haute grille de fer où il demeura prisonnier.

Mais Dorothée fut épargnée. Elle était restée sur place, serrant Toto dans ses bras, impuissante à aider ses amis et attendant son tour avec désespoir. Lorsque le chef des Singes Ailés s'approcha d'elle, agitant ses bras velus et grimaçant de la plus effroyable manière, il aperçut la marque de la bonne Sorcière du Nord sur son front et s'arrêta net.

« Nous ne devons pas nous attaquer à cette petite fille, dit-il à ses camarades. Elle est protégée par les Forces du Bien, qui sont plus puissantes que les Forces du Mal. Tout ce que nous pouvons faire, c'est l'enlever et l'emporter au château de la Vilaine Sorcière. »

Alors, avec beaucoup de soin et de douceur, les Singes Ailés emportèrent Dorothée dans leurs bras et la déposèrent sur le seuil du château jaune. Là, le chef des Singes déclara à la Vilaine Sorcière :

« Nous t'avons obéi autant que nous le pouvions. L'Homme en Fer-blanc et l'Épouvantail sont hors de combat, le Lion est enfermé dans la cour. Quant à cette petite fille et au chien qu'elle porte dans ses bras, nous ne pouvons leur faire aucun mal. À partir de maintenant, tu n'as plus d'ordres à nous donner, et tu ne nous reverras plus. »

Et tous les Singes Ailés s'envolèrent, dans un grand vacarme de conversations et de rires. Bientôt ils disparurent aux yeux de la Vilaine Sorcière.

Celle-ci, en apercevant la marque que Dorothée portait au front, fut partagée entre la surprise et l'inquiétude. Elle savait ce que cela signifiait : ni les Singes Ailés ni elle-même ne pouvaient s'attaquer à une protégée de la Sorcière du Nord. Puis, lorsque son regard se posa sur les Souliers d'Argent que Dorothée portait toujours à ses pieds, elle se mit à trembler de peur : elle savait que ces souliers contenaient un charme puissant.

Le premier mouvement de la Sorcière fut de s'enfuir en courant, mais elle croisa le regard de la petite fille et y lut toute la simplicité de son âme. À l'évidence, Dorothée ignorait le pouvoir des souliers d'argent.

Alors la Vilaine Sorcière se mit à rire sous cape et se dit : «Je peux bien la réduire en esclavage, elle ne sait même pas qu'elle a la force de me battre à plate couture !»

Puis elle se tourna vers Dorothée et lui ordonna brutalement :

«Viens avec moi. Je te conseille de m'obéir sans rechigner si tu ne veux pas connaître le même sort que tes chers amis l'Épouvantail et l'Homme en Fer-blanc.»

Dorothée suivit donc l'affreuse Sorcière à travers les superbes salles de son château et se retrouva dans la cuisine où la Sorcière lui ordonna de nettoyer les casseroles, de frotter le sol et de s'occuper du feu.

La pauvre petite s'attela à sa tâche avec humilité, bien décidée à travailler de toutes ses forces, car elle était trop heureuse que la Vilaine Sorcière ne l'ait pas tuée.

Pendant qu'elle s'escrimait à tenir la cuisine en ordre, la Sorcière se rendit dans la cour où le Lion Poltron était enfermé. Elle comptait bien s'amuser en l'attelant comme un cheval à son char, pour les jours où elle aurait envie de faire une promenade.

Mais dès que la Sorcière montra le bout de son nez, le Lion poussa un effroyable rugissement et se jeta sur elle d'un air si terrible qu'elle fit un bond en arrière et referma prudemment la porte.

« Comme ça, tu ne veux pas qu'on te harnache, ricana-t-elle. Bon, bon... Je vais essayer autre chose. Que dirais-tu si je te laissais mourir de faim ? Allons, tu n'auras plus rien à manger tant que je ne l'aurai pas décidé ! »

Elle mit sa menace à exécution : tous les jours, elle venait narguer le Lion affamé en lui disant :

« Alors, tu n'as toujours pas envie de jouer au petit cheval ?

— Il n'en est pas question, répondait le Lion sans faillir. Si tu mets un pied dans cette cour, je te mordrai. »

À vrai dire, il n'avait guère de mal à supporter son régime : toutes les nuits, en effet, lorsque la vieille Sorcière dormait, Dorothée se faufilait jusque dans la cour pour lui apporter de la nourriture dérobée à la cuisine.

Après son repas, le Lion se couchait sur la paille et Dorothée venait se blottir contre lui, et, la tête posée sur sa crinière épaisse, elle racontait ses malheurs. Puis ils élaboraient des plans d'évasion, mais en vain, hélas ! Le château jaune était gardé jour et nuit par les Winkies jaunes, esclaves de la Vilaine Sorcière, qui lui obéissaient au doigt et à l'œil sous la menace du fouet.

Tout le jour, la petite fille travaillait dur, et souvent la Sorcière menaçait de la battre avec un vieux parapluie qu'elle portait en permanence sur elle. En vérité, elle n'aurait jamais osé lever la main sur Dorothée : elle avait bien trop peur de la marque sur son front.

Mais Dorothée ignorait ce détail, et elle vivait dans une crainte constante. Un jour, la Sorcière avait donné un coup de parapluie à Toto qui, plein de courage, s'était jeté sur elle pour lui mordre le mollet. La vieille n'avait même pas saigné : elle était si méchante que tout son sang était sec depuis bien des années.

En somme, Dorothée menait une triste existence. Elle commençait à penser qu'elle ne reverrait plus jamais le Kansas ni sa Tante Em, et souvent elle pleurait pendant des heures tandis que Toto, assis à ses pieds, la regardait en couinant de compassion.

Toto se moquait bien de vivre dans le Kansas plutôt qu'au Pays d'Oz : tant que sa petite maîtresse était à ses côtés, tout allait bien pour lui. Mais cela le désolait de voir Dorothée malheureuse.

Quant à la Vilaine Sorcière, elle n'avait qu'une idée en tête : s'approprier les Souliers d'Argent de sa prisonnière.

Maintenant que ses abeilles, ses loups et ses corbeaux gisaient en tas dans les champs et achevaient de se réduire en poussière, maintenant qu'elle avait épuisé le charme de la Toque d'Or, il lui fallait absolument les Souliers d'Argent. À eux seuls, ils lui donneraient plus de pouvoir magique que tout ce qu'elle avait perdu.

Elle passait son temps à épier Dorothée pour lui voler ses chaussures, mais la petite fille en était si fière qu'elle les portait en permanence. Elle ne les ôtait que pour se coucher ou se laver. Or la vieille Sorcière avait très peur du noir, et elle n'osait pas entrer dans la chambre de sa prisonnière pendant la nuit.

Elle avait encore plus peur de l'eau : dès que

Dorothée s'apprêtait à prendre un bain, elle se tenait à distance respectueuse. Cette sale et affreuse Sorcière n'avait jamais pris un bain de sa vie et elle fuyait l'eau comme la peste.

Cependant, la vilaine créature était opiniâtre. Elle finit par trouver une idée pour obtenir ce qu'elle désirait : au milieu de la cuisine, elle plaça une longue barre de fer qu'elle rendit invisible aux yeux de tout le monde.

Lorsque Dorothée entra dans la cuisine le matin suivant, elle trébucha sur l'obstacle invisible et s'étala de tout son long sur le sol. Elle ne se fit aucun mal, mais dans sa chute elle perdit l'un des Souliers d'Argent. Avant qu'elle ait pu le ramasser, la Vilaine Sorcière s'en empara pour en chausser son pied osseux.

La méchante femme se félicita de sa ruse : avec une des chaussures, elle possédait désormais la moitié du pouvoir magique, et Dorothée ne pouvait plus la battre.

La petite fille, toute triste d'avoir perdu une de ses belles chaussures, se mit en colère.

« Rendez-moi mon soulier ! s'exclama-t-elle.

— Tu peux toujours courir, rétorqua l'affreuse Sorcière. Il est à moi, maintenant.

— Sale bonne femme! Vous n'avez pas le droit de me voler mon soulier.

— Je m'en fiche, ricana la vieille, je l'ai ramassé, je le garde! Et je ne manquerai pas de te voler l'autre un de ces jours. »

Dorothée sentit la moutarde lui monter au nez. Elle ramassa un broc d'eau posé sur la table et le jeta à la tête de la Vilaine Sorcière, la trempant des pieds à la tête.

Au contact de l'eau, la vieille poussa un glapissement de terreur. À son grand étonnement, Dorothée la vit rétrécir à vue d'œil.

« Regarde ce que tu as fait! piaillait la vieille d'une drôle de petite voix. Dans une minute j'aurai complètement fondu.

— Je suis désolée... » murmura Dorothée.

L'idée de voir la Vilaine Sorcière fondre comme un morceau de sucre la mettait très mal à l'aise.

« Tu ne savais pas que l'eau me détruirait? reprit la vieille d'une toute petite voix.

— Mais non. Comment l'aurais-je su?

— C'est pourtant vrai. Dans quelques instants, il ne restera plus rien de moi. Mon château jaune t'appartiendra. J'ai été bien méchante depuis des années. Je n'aurais jamais imaginé qu'une petite fille comme toi puisse mettre fin à ma belle carrière de Vilaine Sorcière. Attention! couina-t-elle. Je n'existe plus... »

Dès la fin de cette phrase, la Vilaine Sorcière se réduisit à une flaque noirâtre et gluante qui se répandit sur le dallage de la cuisine. Dorothée, un peu rassurée par cette disparition, jeta un autre seau d'eau sur cette saleté pour nettoyer le sol. Toute cette saleté s'écoula par la porte et s'en alla se répandre dans les champs.

Puis la petite fille ramassa son Soulier d'Argent resté intact, le nettoya avec un torchon et le remit à son pied. Elle était enfin libre de faire ce qu'elle voulait.

Bien entendu, son premier mouvement fut de courir dans la cour pour raconter au Lion que la Vilaine Sorcière de l'Ouest avait fondu et qu'ils n'étaient plus prisonniers.

13

À la rescousse

Le Lion Poltron fut enchanté d'apprendre que la Vilaine Sorcière avait fondu. Sans attendre, Dorothée ouvrit la grille et le libéra de sa prison, puis ils rentrèrent au château et convoquèrent tous les Winkies pour leur apprendre qu'ils étaient affranchis de leur condition d'esclaves.

Quelle ne fut pas la joie des Winkies! Depuis des années, ils subissaient des traitements cruels et travaillaient jusqu'à l'épuisement pour la Vilaine Sorcière. Ils décidèrent d'instaurer une fête nationale en souvenir du jour de leur libération et passèrent la journée entière à danser et à festoyer.

«Ma joie n'est pas complète, soupira le Lion. Je voudrais que nos amis l'Épouvantail et l'Homme en Fer-blanc puissent la partager...

— Ne crois-tu pas que nous pourrions faire quelque chose pour les sauver? demanda Dorothée.

— Il faut essayer, en tout cas.»

Ils appelèrent tous les Winkies et leur demandèrent s'ils acceptaient de les aider à sauver leurs amis. Ceux-ci répondirent que rien ne pourrait leur être plus agréable, car ils se sentaient une dette envers Dorothée. La petite fille choisit donc quelques-uns parmi les plus avisés d'entre eux et ils se mirent en chemin.

Pendant toute la journée, ils marchèrent en direction de la plaine rocailleuse où l'Homme en Fer-blanc gisait, tout cabossé. Sa hache n'était tombée qu'à quelques mètres de lui, mais la lame avait rouillé et le manche s'était brisé en deux.

Les Winkies le soulevèrent dans leurs bras avec d'infinies précautions et le rapportèrent au château jaune. Dorothée marchait quelques pas en arrière, tâchant de retenir ses larmes, car l'état où elle voyait son pauvre ami la désolait. Le Lion lui-même avait un air sombre et triste.

En arrivant au château, la petite fille demanda à l'un des Winkies :

« Y a-t-il des ferblantiers parmi vous ?

— Oh oui ! répondit-il, et même de très bons ferblantiers.

— Dites-leur de venir me voir. »

Les ferblantiers arrivèrent bientôt, leurs outils à la main, et Dorothée leur dit :

« Saurez-vous rendre à mon ami l'Homme en Fer-blanc sa belle apparence d'autrefois ? Pouvez-vous réparer ces bosses, lui rendre sa forme initiale et souder tous ses membres cassés ? »

Les ferblantiers examinèrent la victime sur toutes les coutures et répondirent sans hésiter qu'ils étaient capables de le réparer. Ils se mirent au travail, dans une des grandes salles jaunes du palais, et travaillèrent trois jours et quatre nuits à marteler, tordre, redresser, souder, polir et graisser les jambes, les bras, la tête et le corps de l'Homme en Fer-blanc, jusqu'à ce qu'il retrouve son apparence d'antan et la souplesse de ses articulations. Certes, il avait désormais quelques soudures de plus, mais les ferblantiers avaient fait du bon travail, et l'Homme en Fer-blanc, qui n'était pas coquet, se moquait bien des cicatrices.

Lorsque, enfin, il pénétra dans la chambre de Dorothée pour la remercier de l'avoir sauvé, il était si heureux qu'il versa quelques larmes de joie. La petite fille s'empressa de les essuyer avec un coin de son tablier de peur qu'il ne se mette à rouiller. Mais pendant ce temps, elle pleurait elle-même à chaudes larmes tant elle était heureuse de retrouver son vieil ami. Ces larmes-là ne présentaient aucun danger et on ne songea pas à les essuyer. Quant au Lion, il séchait les siennes du bout de sa queue, à telle enseigne qu'il la trempa complètement et dut s'en aller la faire sécher au soleil dans la cour.

Dorothée raconta toutes ses aventures à l'Homme en Fer-blanc. Quand elle eut terminé son récit, il lui dit :

« Il faut nous occuper de l'Épouvantail. Je ne serai pas tranquille tant qu'il sera loin de nous.

— Tu as raison, répondit Dorothée. Il faut se mettre à sa recherche. »

Et de nouveau elle convoqua les Winkies pour leur demander de l'aide. Ils marchèrent tout le jour et une partie du lendemain jusqu'à ce qu'ils trouvent l'arbre dans lequel les Singes Ailés avaient jeté les vêtements et l'enveloppe du malheureux. C'était un vieil arbre très haut au tronc si lisse qu'il était impossible d'y grimper.

«Aucune importance, dit l'Homme en Fer-blanc. Je vais l'abattre et nous pourrons récupérer ce qui reste de notre ami. »

Car, pendant que les ferblantiers s'occupaient de le réparer, un orfèvre lui avait fabriqué un nouveau manche pour sa hache, tout en or et bien plus solide que le précédent. Une fois la lame débarrassée de sa rouille, on l'avait fixée à ce manche, et la hache de l'Homme en Fer-blanc étincelait dans le soleil.

Il se mit à tailler le tronc de l'arbre qui ne tarda pas à s'écrouler dans un grand craquement. Les vêtements et l'enveloppe de l'Épouvantail se détachèrent des branches et tombèrent sur le sol.

Dorothée rapporta ces précieuses reliques au château jaune où on les rembourra de paille... Et voilà! L'Épouvantail se releva, plus beau que jamais, et remerciant ses compagnons de l'avoir sauvé.

Enfin réunis, les quatre amis passèrent des

jours tranquilles au château jaune. Rien ne manquait à leur confort. Mais un beau jour, Dorothée se souvint de sa Tante Em et déclara :

« Retournons voir Oz. Il faut qu'il tienne sa promesse.

— Oui ! s'exclama l'Homme en Fer-blanc. Moi, je veux avoir un cœur.

— Et moi, un cerveau, ajouta l'Épouvantail d'un ton joyeux.

— Et moi, murmura le Lion, du courage...

— Je vais rentrer au Kansas ! chantonnait Dorothée en battant des mains. Oh, vite ! Partons dès demain pour la Cité d'Éme-raude... »

Il en fut décidé ainsi. Dès le lendemain, nos amis firent leurs adieux aux Winkies, qui furent bien tristes de voir partir leurs sauveurs. Ils s'étaient pris d'une affection particulière pour l'Homme en Fer-blanc et l'implorèrent de rester : ils voulaient faire de lui le chef de la Contrée Jaune de l'Ouest.

Mais la détermination des cinq compagnons était inflexible. Les Winkies offrirent un collier d'or au Lion et un autre à Toto ; à Dorothée, un superbe bracelet serti de diamants ; à l'Épouvantail, une canne à pommeau d'or pour l'aider à marcher sans trébucher; à l'Homme en Fer-blanc, enfin, ils firent don d'une burette d'argent incrustée d'or et de pierres précieuses.

Chacun des voyageurs les remercia de ces présents par un beau discours et des dizaines de poignées de main furent échangées, jusqu'à ce qu'ils aient tous les bras endoloris.

Dorothée s'en alla chercher dans l'armoire de la sorcière de quoi se nourrir pendant le voyage de retour. Là, parmi les bocaux et les conserves, elle découvrit la Toque d'Or, ôta son bonnet rose et l'essaya : la Toque lui allait à merveille. Elle n'avait aucune idée des pouvoirs magiques qui s'y rattachaient, mais elle la trouva si belle qu'elle décida de l'emporter. Elle plia son bonnet et le déposa au fond du panier, puis rejoignit ses amis.

Tout était prêt pour le grand voyage. Les compagnons se mirent en route pour la Cité d'Émeraude, escortés par les hourras et les vœux de bonheur des Winkies.

14

Les Singes Ailés

Comme le lecteur s'en souvient sans doute, il n'y avait pas de route entre le château de la Vilaine Sorcière de l'Ouest et la Cité d'Émeraude, pas même un petit sentier à travers champs. À l'aller, nos amis avaient été repérés par la Sorcière qui leur avait envoyé les Singes Ailés, et c'est ainsi qu'ils étaient arrivés au château jaune. Mais au retour, il leur fut bien plus difficile de s'orienter parmi les champs immenses semés de boutons-d'or et de marguerites.

Certes, ils savaient qu'il leur fallait marcher tout droit vers l'Est, là où le soleil se lève. Ils commencèrent donc leur voyage dans la bonne direction. Mais à midi, lorsque le soleil atteignit son zénith, ils ne savaient plus guère distinguer l'Est de l'Ouest. Égarés au beau milieu d'un pré, ils continuèrent leur chemin jusqu'à la nuit tombée. La lune se leva, ronde et brillante, ils s'allongèrent parmi les fleurs odorantes. Tous dormirent profondément jusqu'au matin... Sauf, bien sûr, l'Épouvantail et l'Homme en Fer-blanc.

Le lendemain, à leur réveil, le soleil se cachait derrière un gros nuage. Ils reprirent leur chemin sans trop savoir s'ils allaient dans la bonne direction.

« Si nous continuons tout droit, déclara Dorothée, je suis sûre que nous finirons par arriver quelque part. »

Mais les jours passaient les uns après les autres, et ils marchaient toujours parmi d'éternels prés fleuris. L'Épouvantail commença à maugréer quelque peu.

« Si vous voulez mon avis, nous nous sommes joliment perdus. Il faudrait tout de même retrouver notre chemin, sans quoi nous n'arriverons pas à la Cité d'Émeraude. C'est que je tiens à l'avoir, mon cerveau !

— Et moi, je veux le cœur qu'Oz m'a promis, ajouta l'Homme en Fer-blanc. Je suis fort impatient d'aller réclamer mon dû, et vous conviendrez avec moi que ce voyage dure un peu trop...

— C'est vrai ! pleurnicha le Lion Poltron. Moi, je n'ai plus le cœur de continuer à marcher jour après jour. Vous voyez bien qu'on n'arrive nulle part. »

Ce fut alors que Dorothée perdit courage. Elle se laissa tomber dans l'herbe et leva les yeux vers ses compagnons qui, à leur tour, s'assirent sans un mot. Pour la première fois de sa vie, Toto se sentait trop las pour courir après les papillons qui passaient à sa portée. Il tira la langue et se mit à haleter en regardant sa maîtresse, comme pour lui demander ce qu'elle comptait faire.

« Et si nous appelions les mulots ? suggéra-t-elle. Ils sauront sans doute nous indiquer le chemin vers la Cité d'Émeraude.

— Excellente idée ! s'exclama l'Épouvantail. Pourquoi n'y avons-nous pas songé plus tôt ? »

Dorothée sortit de son corsage le petit sifflet bleu que la Reine des Mulots lui avait donné et souffla dedans. Quelques instants plus tard, le froissement de milliers de petites pattes se fit entendre parmi les herbes hautes et un groupe de mulots gris se présenta devant elle. À la tête de la troupe, la Reine en personne.

« Que puis-je faire pour vous, mes amis ? demanda-t-elle de sa voix haut perchée.

— Nous sommes perdus, expliqua Dorothée. Sauriez-vous nous dire comment rejoindre la Cité d'Émeraude ?

— Bien sûr ! Mais vous n'avez fait que vous en éloigner, me semble-t-il. Elle est loin derrière vous. »

Puis, remarquant la Toque d'Or que la petite fille portait sur la tête, la Reine ajouta :

« Pourquoi n'avez-vous pas eu recours au pouvoir magique de la Toque ? Les Singes Ailés se seraient fait un plaisir de vous transporter jusqu'au Palais d'Oz, et ce en moins d'une heure.

— Un pouvoir magique ? Mais j'ignorais... De quoi s'agit-il ? demanda Dorothée avec stupéfaction.

— La formule magique est inscrite à l'intérieur de la Toque, répondit la Reine des Mulots. Mais si vous avez l'intention d'appeler les Singes Ailés à votre aide, nous ferions mieux de nous retirer : ils sont si espiègles qu'ils croient amusant de nous tourmenter.

— Et à moi, vont-ils me faire du mal ? demanda Dorothée avec anxiété.

— Oh, que non ! Ils sont tenus d'obéir à qui porte la Toque d'Or. Adieu, mon amie. »

Et la Reine des Mulots s'esquiva de toute la vitesse de ses petites pattes, suivie de sa cour.

Dorothée examina la Toque d'Or. Le mode d'emploi et la formule magique étaient inscrits à l'intérieur, elle lut attentivement et remit la Toque sur sa tête.

« Ep-pe, Pe-ppe, Ka-kke ! s'exclama-t-elle, debout sur son pied gauche.

— Qu'est-ce que tu racontes ? » demanda l'Épouvantail, éberlué.

Mais déjà Dorothée avait sauté sur le pied droit.

« Hil-lo, Hol-lo, Hel-lo ! cria-t-elle.

— Allô ? » repartit l'Homme en Fer-blanc avec un sang-froid remarquable.

Dorothée s'était installée sur ses deux pieds. Elle déclama la fin de la formule magique :

« Ziz-zy, Zuz-zy, Zik ! »

Aussitôt, un grand froissement d'ailes se fit entendre, accompagné de conversations et de rires, et les Singes Ailés se présentèrent devant elle. Le Roi des Singes Ailés s'inclina profondément et lui dit :

« Quels sont les ordres ?

— Nous aimerions nous rendre à la Cité d'Émeraude, dit la petite fille. Nous sommes perdus, voyez-vous.

— Nous allons vous y porter », répondit le roi.

Il n'eut pas plus tôt fini sa phrase que deux des Singes refermèrent leurs bras autour de Dorothée et l'emportèrent dans les airs. Les autres firent de même avec l'Épouvantail, le Lion Poltron et l'Homme en Fer-blanc. Un Singe minuscule s'empara de Toto et suivit ses compagnons avec entrain, sans prendre garde aux morsures du petit chien.

Tout d'abord, l'Épouvantail et l'Homme en Fer-blanc considérèrent avec méfiance ces Singes Ailés qui les avaient si mal traités à leur dernière rencontre. Mais ils s'aperçurent bien vite qu'on ne leur voulait pas de mal cette fois-ci, et prirent bientôt un grand plaisir à se voir portés dans les airs et à contempler de si haut les champs et les bois.

L'un des Singes qui transportaient Dorothée n'était autre que le Roi en personne. Avec son compagnon, ils avaient entrelacé leurs bras en forme de chaise, et la petite fille voyageait dans les meilleures conditions possibles.

«Pourquoi êtes-vous tenus d'obéir au possesseur de la Toque d'Or? demanda-t-elle.

— C'est une longue histoire, répondit le Roi en riant, mais puisque nous avons un long voyage devant nous, je m'en vais te la raconter... Si toutefois tu le désires.

— Bien volontiers!

— Eh bien voici. Nous étions libres, jadis. Le peuple des Singes Ailés vivait en paix dans la grande forêt, volant d'arbre en arbre, se nourrissant de noisettes et de fruits. Nous agissions à notre guise, nous n'obéissions qu'à notre fantaisie. Sans doute quelques-uns d'entre nous étaient-ils un peu trop espiègles... Il leur arrivait de fondre sur les animaux à quatre pattes pour leur tirer la queue, de chasser les oiseaux ou même de jeter des noisettes sur les voyageurs égarés. Mais nous étions insouciants, heureux et gais, et nous profitions de la vie à chaque minute qui passait. C'était il y a bien longtemps, bien avant le jour où Oz descendit des nuages pour régner sur ce pays.

«En ce temps-là vivait, très loin au Nord, une belle princesse qui était aussi une puis-

sante Sorcière. Elle employait tout son pouvoir à secourir les malheureux, et on ne l'avait jamais vue s'en prendre à un honnête homme. La princesse Gayelette (c'était son nom) habitait un superbe palais taillé dans de grands blocs de rubis. Elle était aimée de tous, mais une tristesse secrète la rongeait : elle ne pouvait trouver un compagnon à aimer en retour, car les hommes étaient tous trop laids et trop bêtes pour prétendre à la main d'une personne si belle et si sage. Enfin, un beau jour, elle rencontra un garçon très beau, extraordinairement mûr et sage pour son âge. Gayelette décida d'attendre qu'il ait atteint l'âge d'homme pour en faire son époux. Elle l'emmena dans son palais de rubis et mit en œuvre tous ses pouvoirs magiques pour le rendre fort, honnête et aimable au plus haut point. Lorsqu'il arriva à l'âge attendu, Quelada, comme on l'appelait, était à coup sûr l'homme le plus juste et le plus intelligent du pays, et sa mâle beauté était si grande que Gayelette l'aimait de tout son cœur. Elle n'avait qu'une hâte : conclure le mariage.

« À cette époque, mon grand-père était le roi des Singes Ailés qui peuplaient la grande forêt attenante au palais de Gayelette. Ce vieux farceur aurait sacrifié n'importe quoi, même un succulent dîner, au plaisir de faire une bonne blague. Un jour, juste avant le mariage, il était parti en promenade avec sa suite lorsqu'il aperçut Quelada qui se promenait au bord de la rivière, vêtu d'un superbe costume de soie rose et de velours violet. À sa vue, une idée malicieuse germa dans l'esprit de mon grand-père. Il n'eut qu'un mot à dire pour que ses compagnons se jettent sur l'infortuné Quelada, l'empoignent et le jettent à l'eau.

"— Allons, mon bon ami, cria mon grand-père dans un éclat de rire, nage donc, et nous verrons si ton beau costume résiste à ce bain !"

«Quelada savait nager, bien sûr, et il avait bon caractère. Lorsqu'il sortit de l'eau, il rit de la plaisanterie. Mais Gayelette arriva en courant, très inquiète, et, découvrant son fiancé en si piteux état, elle entra dans une colère terrible.

«Elle comprit tout de suite qui lui avait joué ce mauvais tour. Elle s'empressa donc de convoquer le peuple des Singes Ailés, et ordonna qu'on leur lie les ailes et qu'on les jette tous à l'eau pour leur faire subir le même sort qu'à Quelada.

« Mon grand-père la supplia d'adoucir le châtiment, car il savait bien que, privés de leurs ailes, ses sujets ne manqueraient pas de se noyer. Quelada lui-même intercéda en leur faveur. Gayelette décida donc d'épargner les fautifs, mais elle instaura le contrat de la Toque d'Or. Cette Toque avait été confectionnée pour être le cadeau de mariage de Quelada, et avait coûté la moitié du royaume de la princesse. Bien sûr, mon grand-père accepta sans rechigner, et c'est ainsi que, depuis ce jour, les Singes Ailés doivent servir trois fois et sans condition, comme des esclaves, le possesseur de la Toque, quel qu'il soit. »

Dorothée avait pris un vif intérêt à cette histoire.

« Qu'advint-il des Singes par la suite ? demanda-t-elle.

— Le premier possesseur de la Toque fut Quelada lui-même, répondit le Roi. Le seul ordre qu'il nous donna fut de nous retirer dans la forêt et de disparaître à la vue de son épouse, car, après ces fâcheux événements, elle ne pouvait plus nous supporter. Nous fûmes bien heureux d'obéir à cette volonté, car la princesse nous faisait peur. Puis, jusqu'à ce que la Toque tombe entre les mains de la Vilaine Sorcière de l'Ouest, nous n'eûmes plus d'ordres à recevoir de personne. Mais la Vilaine Sorcière nous força à réduire les Winkies en esclavage, et ensuite à expulser Oz en personne de la Contrée de l'Ouest. Maintenant que vous possédez la Toque, vous avez le droit de nous donner encore deux ordres auxquels nous obéirons. »

Le Roi des Singes avait terminé son récit. Dorothée regarda à ses pieds et aperçut les murs d'enceinte de la Cité d'Émeraude, à une faible distance, qui jetaient leur éclat aveuglant dans le soleil. Elle s'émerveilla de la rapidité avec laquelle les Singes avaient volé jusque-là, mais elle fut également soulagée de voir que le voyage touchait à sa fin.

Avec d'infinies précautions, les Singes Ailés déposèrent les voyageurs aux portes de la Cité, puis le Roi s'inclina devant Dorothée et ils reprirent leur vol en bavardant et en riant.

« Ce fut un beau voyage, déclara la petite fille.

— Oh oui ! répliqua le Lion, et une solution inespérée à nos ennuis. Quelle chance que tu aies pensé à emporter cette Toque d'Or ! »

15

Oz le Terrible est démasqué

Arrivés devant les portes de la Cité d'Émeraude, les voyageurs tirèrent la sonnette. Au
bout de plusieurs coups, le Gardien des Portes
leur ouvrit.

«Comment! Vous êtes revenus? s'exclama-
t-il avec surprise.

— Comme vous le voyez..., répondit
l'Épouvantail.

— Mais je pensais que vous étiez allés chez
la Vilaine Sorcière de l'Ouest.

— En effet, nous lui avons rendu visite.

— Et elle vous a laissés repartir? s'enquit le
Gardien, de plus en plus étonné.

« — Elle n'a pas eu le choix : elle a fondu, expliqua l'Épouvantail.

— Fondu ! Mais quelle bonne nouvelle ! Et qui donc l'a fait fondre ?

— C'est l'œuvre de Dorothée, déclara le Lion avec gravité.

— Bonté divine... »

Et sur ces mots, le Gardien des Portes fit une profonde révérence à la petite fille.

Puis il conduisit les visiteurs dans la première salle et leur ajusta des lunettes vertes sur le nez, comme il l'avait fait à leur précédent séjour. Enfin il leur ouvrit la porte de la Cité d'Émeraude. Lorsque les citoyens apprirent que, grâce à la petite bande, la Vilaine Sorcière de l'Ouest avait fondu, ils se rassemblèrent autour des héros du jour et les escortèrent jusqu'au Palais.

Le soldat aux moustaches vertes était toujours en faction devant la porte, mais il les laissa entrer sans hésitation, et à l'intérieur du Palais, ce fut la belle jeune fille verte qui les accueillit pour leur montrer leurs chambres. Oz ne tarderait pas à les recevoir.

Le soldat s'empressa d'aller dire au Grand Magicien que Dorothée et ses amis, ayant éliminé la Vilaine Sorcière, étaient de retour, mais Oz ne réagit guère à cette nouvelle. Les quatre amis avaient cru qu'il les enverrait chercher sur-le-champ mais il n'en fut rien. Et le lendemain, le surlendemain et le jour suivant, Oz adopta la même attitude : pas un mot.

Cette attente devenait épuisante, et peu à peu ils commencèrent à se vexer de ce que le Grand Oz les traitât si cavalièrement après les avoir envoyés risquer l'esclavage et la mort. L'Épouvantail finit par prier la jeune fille verte de porter un nouveau message à Oz : s'il persistait dans son mutisme, s'il n'acceptait pas de les recevoir sur l'heure, ils appelleraient les Singes Ailés à leur aide et le forceraient à tenir ses promesses.

Lorsque le Magicien reçut ce message, il eut si peur qu'il manda aux voyageurs de se rendre en Salle du Trône le lendemain matin à neuf heures et quatre minutes. Il avait déjà eu affaire aux Singes Ailés sur l'ordre de la Sorcière de l'Ouest, et il ne tenait pas à les revoir de sitôt.

Nos amis ne dormirent guère, cette nuit-là. Chacun pensait à la faveur que le Grand Magicien lui avait promise. Dorothée ne parvint à dormir qu'une fois : elle rêva qu'elle se retrouvait au Kansas et que Tante Em la serrait dans ses bras en lui exprimant tout son bonheur de la retrouver.

Le lendemain matin, à neuf heures précises, le soldat aux moustaches vertes les réveilla. Quatre minutes plus tard, ils étaient dans la Salle du Trône.

Bien entendu, chacun s'était attendu à voir Oz sous la forme qu'il avait à leur précédent entretien. Tous furent donc grandement surpris de découvrir la pièce vide. Serrés les uns contre les autres, ils demeurèrent près de la porte de sortie. Le silence pesant qui régnait dans la grande salle était bien plus effrayant que tous les artifices imaginés jusque-là par le Magicien.

Mais soudain, surgie du centre du plafond, une Voix leur parla solennellement.

« Je suis Oz, Tout-Puissant et Terrible. Que me voulez-vous ? »

Nos amis fouillèrent du regard les moindres recoins de la pièce, mais ils ne virent rien. Dorothée prit la parole.

« Où êtes-vous ?

— Je suis partout ! répondit la Voix. Mais je suis invisible au commun des mortels. Je vais maintenant m'asseoir sur le trône pour vous permettre de converser avec moi. »

À présent, en effet, la voix semblait venir du centre de la pièce. Les voyageurs s'approchèrent du trône et se disposèrent en rond tout autour.

« Nous sommes venus, ô Grand Oz, réclamer notre dû, déclara Dorothée.

— Vous ai-je promis quoi que ce soit ? s'enquit Oz.

— Vous m'avez promis de me renvoyer au Kansas une fois que la Vilaine Sorcière serait morte !

— Et à moi, vous m'avez promis un cerveau, intervint l'Épouvantail.

— À moi, un cœur, dit l'Homme en Ferblanc.

— À moi, du courage, ajouta le Lion Poltron.

— Mais... La Vilaine Sorcière est-elle bel et bien hors d'état de nuire ? » demanda Oz.

Dorothée crut remarquer que la Voix tremblait un peu en prononçant ces paroles.

« Oui, répondit-elle. Je l'ai fait fondre en lui jetant un seau d'eau sur la figure.

— Oh ! là ! là !... soupira la Voix. Comme

tout cela est inattendu! Bien, bien... Revenez demain, il faut que je réfléchisse.

— Vous avez eu amplement le temps de réfléchir! s'exclama l'Homme en Fer-blanc avec colère.

— Je n'attendrai pas un jour de plus, s'écria l'Épouvantail.

— C'est vrai, il faut tenir ses promesses», renchérit Dorothée.

Le Lion, trouvant à propos d'épouvanter le Magicien, poussa un rugissement assourdissant, si terrible que Toto s'éloigna de lui d'un bond et atterrit sur le paravent qui ornait un coin de la pièce. Le paravent s'écroula dans un grand craquement et les quatre amis s'immobilisèrent, médusés.

Derrière le paravent se tenait un vieux petit bonhomme, chauve et couvert de rides, qui avait l'air aussi surpris qu'eux. L'Homme en Fer-blanc, la hache au poing, se rua sur lui en criant:

«Qui êtes-vous?

— Je suis Oz, le Tout-Puissant et Terrible, répondit le petit homme d'une voix mal assurée. Mais s'il vous plaît, ne me frappez pas... Je ferai tout ce que vous voudrez.»

Les quatre amis le regardaient avec un mélange d'étonnement et de consternation.

« Et moi qui croyais que le Magicien Oz était une Tête géante, murmura Dorothée.

— Et moi qui le prenais pour une Belle Dame, dit l'Épouvantail.

— Et moi qui le prenais pour une affreuse Bête, fit l'Homme en Fer-blanc.

— Et moi qui le prenais pour une Boule de Feu ! s'exclama le Lion.

— C'est que vous vous êtes tous laissé abuser, expliqua le petit homme d'un air d'excuse. J'ai fait semblant d'être tout cela.

— Semblant ! s'écria Dorothée. Alors vous n'êtes pas Magicien ?

— Chut, ma chère, pas si haut ! Si on vous entendait, c'en serait fini de moi. Tout le monde me prend pour un Grand Magicien...

— Et tout le monde se trompe ! compléta la petite fille.

— C'est cela même. Je suis un homme tout ce qu'il y a de plus ordinaire.

— Pardon ! intervint l'Épouvantail avec aigreur. Vous n'êtes pas un homme ordinaire, vous êtes un charlatan.

— C'est le mot juste, répliqua le petit

homme en se frottant les mains d'un air soulagé. Je suis un charlatan.

— Mais c'est affreux, murmura l'Homme en Fer-blanc. Comment vais-je faire pour avoir un cœur ?

— Et moi, je n'aurai donc jamais de courage ? demanda le Lion.

— Et moi, je resterai idiot ? pleurnicha l'Épouvantail en se frottant les yeux de sa manche.

— Mes chers amis, intervint Oz, je vous en prie, ne vous désolez pas pour de si petites choses. Pensez à moi et à ce que je risquerais si j'étais découvert !

— Personne d'autre ne sait que vous êtes un charlatan ? s'enquit Dorothée.

— Personne d'autre que vous... Et moi-même, bien sûr. J'ai réussi à tromper tout le monde jusqu'ici, et je croyais que cela durerait éternellement. J'ai eu tort de vous laisser entrer dans la Salle du Trône. D'ordinaire, je refuse de recevoir mes sujets, et ainsi ils se figurent que je suis vraiment terrible.

— Mais il y a quelque chose qui m'échappe, intervint la petite fille. Comment se fait-il que vous me soyez apparu sous la forme d'une Tête géante ?

« — C'est un de mes tours, répondit Oz. Entrez par ici, je vous prie, et je vous montrerai de quoi il s'agit. »

Il les introduisit dans une petite chambre située en arrière de la Salle du Trône et leur désigna, dans un coin de la pièce, la Tête géante, fabriquée en papier mâché, avec un visage peint.

« Elle était pendue au plafond, expliqua Oz. Moi, derrière le paravent, je tirais sur les fils pour actionner les yeux et la bouche.

— Et la Voix ? demanda Dorothée.

— Je suis ventriloque, expliqua Oz, je peux envoyer le son de ma voix n'importe où. Vous avez donc cru qu'elle sortait de la Tête. Et voici les autres artifices que j'ai utilisés pour vous tromper. »

Il désigna à l'Épouvantail la robe et le masque qu'il avait revêtus pour paraître sous les traits de la Belle Dame, et à l'Homme en Fer-blanc, il montra que la terrible Bête n'était rien d'autre qu'un assemblage de peaux cousues ensemble sur une armature de baleines. Quant à la Boule de Feu, c'était en fait un ballot de coton enduit de pétrole que le charlatan avait pendu au plafond et enflammé.

«Vraiment, conclut l'Épouvantail, vous devriez avoir honte. C'est très mal de tromper les gens de la sorte!

— Je... Je ne suis pas fier de moi, reconnut le petit homme, mais je ne pouvais rien faire d'autre. Asseyez-vous, je vous en prie, il y a assez de chaises pour tous. Je vais vous raconter mon histoire.»

Tous s'assirent pour écouter, et le petit homme commença son récit.

«Je suis né en Amérique, dans l'État d'Omaha...

— Oh! Mais c'est tout près du Kansas! s'exclama Dorothée.

— Certes, mais c'est bien loin d'ici, répliqua-t-il en hochant tristement la tête. Devenu grand, j'ai choisi la profession de ventriloque et j'ai suivi les cours d'un grand maître. Je suis capable d'imiter tous les oiseaux et tous les animaux possibles.»

Sur ce, il se mit à miauler comme un petit chat. Toto dressa les oreilles et tourna la tête en tous sens pour découvrir d'où venait ce bruit.

«Au bout de quelque temps, poursuivit Oz, le métier de ventriloque me lassa. Je décidai donc de devenir aéronaute forain.

— Aéronaute forain? Qu'st-ce que c'est? demanda Dorothée.

— Cela consiste à monter dans un ballon les jours où un cirque s'installe en ville. Ainsi, la foule se rassemble pour voir le ballon et on en profite pour les faire venir au cirque.

— Je vois.

— Donc un jour, alors que j'étais en ballon, les cordes s'emmêlèrent et je me trouvai incapable de redescendre. Mon ballon montait sans trêve parmi les nuages. Un courant d'air nous happa, et pendant deux jours je fus emporté à la dérive. Au matin du second jour, je m'éveillai au-dessus d'un paysage étrange et beau. Mon ballon descendait graduellement, sans heurts, et j'atterris sans aucun mal. Mais les habitants de ce pays, m'ayant vu descendre du ciel, se mirent en tête que j'étais un Grand Magicien. Bien entendu, je les laissai croire ce qu'ils voulaient. Ils avaient peur de moi et ils promirent de m'obéir en toutes choses.

«Pour mon agrément, et aussi pour occuper ces braves gens, j'ordonnai la construction de la Cité et de mon Palais. Ils travaillèrent volontiers et fort bien. Puis, trouvant la campagne environnante si verte et si belle, je décidai que ma ville s'appellerait la Cité d'Émeraude, et, pour que ce nom ne lui soit pas donné en vain, j'ordonnai à tout le monde de porter des lunettes vertes. Ainsi, comme vous autres, ils voient tout en vert.

— Mais alors, rien de tout cela n'est vert? demanda Dorothée.

— Pas plus que dans les autres villes. Ce sont les lunettes qui vous donnent l'impression que tout est vert. La Cité fut construite il y a bien des années, car j'étais jeune lorsque mon ballon me déposa dans ce pays. Ceux qui vivent ici portent des lunettes depuis si longtemps qu'ils ont fini par croire que la ville est véritablement construite en émeraudes. Cela dit, c'est une très belle ville : les gemmes et les métaux précieux n'ont pas été épargnés lors de sa construction, et on y trouve de quoi satisfaire chacun. J'ai toujours été bon envers mes sujets, et ils m'aiment beaucoup, mais depuis la construction de ce Palais, je vis enfermé. Je refuse de les voir.

« L'un de mes principaux soucis était les Sorcières. Moi qui n'ai aucun pouvoir magique, je me suis vite rendu compte qu'elles étaient capables de faire des merveilles. Il y en avait quatre dans ce pays, elles régnaient respectivement sur les contrées du Nord, du

Sud, de l'Est et de l'Ouest. Par bonheur, les Sorcières du Nord et du Sud sont de bonnes sorcières, elles n'ont jamais tenté de me nuire, mais celles de l'Est et de l'Ouest étaient méchantes au-delà de toute expression. La seule raison pour laquelle elles n'osaient pas s'attaquer à moi est qu'elles me prenaient pour un Grand Magicien. Dans ces conditions, j'ai passé des années à vivre dans la terreur. Vous imaginez donc quelle fut ma joie lorsque j'appris que votre maison, en tombant du ciel, avait écrasé la Vilaine Sorcière de l'Est. Quand vous êtes venue me rendre visite, j'étais prêt à vous promettre n'importe quoi pour que vous me débarrassiez de la deuxième Sorcière. Mais maintenant qu'elle a fondu, je dois vous avouer, à ma grande honte, que je suis incapable de tenir mes promesses.

— Eh bien, laissez-moi vous dire que vous êtes un vaurien ! s'exclama Dorothée.

— Oh non, ma chère, je suis le plus doux des hommes, croyez-moi. En revanche, comme Magicien, je ne vaux rien du tout.

— Est-ce que vous pouvez tout de même me donner un cerveau ? implora l'Épouvantail.

— Vous n'en avez pas besoin, répondit Oz.

Chaque jour, vous apprenez quelque chose de nouveau. Un bébé naît avec un cerveau, mais il n'en est pas plus savant. Il n'y a que l'expérience qui procure la connaissance, et plus longtemps vous vivrez, plus votre expérience s'enrichira.

— C'est peut-être vrai, répliqua l'Épouvantail d'un air dubitatif, mais moi je veux un cerveau, et je serai très malheureux si vous refusez de m'en donner un. »

Le faux Magicien observa attentivement son interlocuteur.

« C'est bon, soupira-t-il enfin, mais je vous aurai prévenu : je ne vaux pas grand-chose comme magicien. Cependant, si vous venez me voir demain matin, je vous mettrai un cerveau dans la tête. Mais surtout ne comptez pas sur moi pour vous dire comment vous en servir ! C'est à vous de le découvrir. »

À ces mots, l'Épouvantail ne se tint plus de joie.

« Oh, merci, merci ! s'écria-t-il. N'ayez crainte, j'en ferai bon usage.

— Mais à moi, intervint le Lion tout inquiet, ne me donnerez-vous pas un peu de courage ?

— Vous êtes bien assez courageux comme

vous êtes, répondit Oz. Tout ce qui vous manque, c'est un peu de confiance en vous. Tout être vivant connaît la peur, et le véritable courage consiste à la surmonter pour affronter le danger. C'est là ce qu'on appelle le courage, et vous n'en manquez nullement.

— Peut-être bien, rétorqua le Lion, mais je n'aime pas avoir peur. Si vous refusez de me donner du courage, le vrai courage qui fait oublier la peur, je serai malheureux jusqu'à la fin de mes jours.

— C'est bon, répondit Oz. Venez me voir demain et je vous donnerai ce que vous désirez. »

Ce fut au tour de l'Homme en Fer-blanc de présenter sa requête.

« Et moi, me donnerez-vous un cœur ?

— Mon bon ami, déclara Oz, vous avez tort de vouloir un cœur à tout prix. La plupart des gens qui en ont un sont bien malheureux. Considérez cet argument, et vous n'aurez pas envie de leur ressembler.

— Je ne suis pas d'accord avec vous, répliqua l'Homme en Fer-blanc. Pour ma part, je me sens capable de supporter tout le malheur du monde sans un mot si seulement vous me donnez un cœur.

— Très bien, admit le faux Magicien avec douceur. Venez me voir demain, je vous donnerai un cœur. J'ai joué mon rôle de magicien si longtemps que je peux bien continuer un peu.

— Et moi, dit Dorothée, comment vais-je retourner dans le Kansas ?

— C'est une question un peu plus épineuse, et je vous demande deux ou trois jours pour y réfléchir, repartit le petit homme. Je trouverai bien un moyen de vous faire traverser les déserts qui entourent ce pays... Entre-temps, considérez-vous comme mes invités d'honneur. Aussi longtemps que vous habiterez le Palais, mes domestiques seront à vos ordres. Je ne vous demande qu'une chose en échange de mon aide, si mince soit-elle : vous garderez le secret. N'allez dire à personne que je suis un charlatan. »

Ils promirent tous de garder le secret et retournèrent dans leur chambre le cœur léger. Dorothée elle-même espérait que le « Grand et Terrible Charlatan », comme elle l'avait surnommé, trouverait un moyen de la renvoyer dans le Kansas. S'il en était capable, elle se sentait prête à tout lui pardonner.

16

Les prodiges du Grand Charlatan

Le lendemain matin, l'Épouvantail déclara à ses amis :

« Réjouissez-vous ! Lorsque je reviendrai de mon rendez-vous avec Oz, qui doit me doter d'un cerveau, je serai un nouvel homme !

— Tu sais, moi je t'ai toujours aimé comme tu étais, fit remarquer Dorothée.

— C'est très gentil à toi d'avoir été l'amie d'un Épouvantail, mais je suis sûr que tu m'estimeras encore plus quand tu entendras les sublimes pensées que j'élaborerai grâce à mon cerveau tout neuf. »

Sur ces mots, il prit congé de ses amis et s'en

alla gaiement à la Salle du Trône. Arrivé devant la porte, il toqua.

« Entrez ! » dit Oz.

L'Épouvantail poussa la porte et découvrit le petit homme assis près de la fenêtre et plongé dans ses pensées. Un peu mal à l'aise, il s'éclaircit la voix.

« Je suis venu chercher mon cerveau...

— Mais certainement... Asseyez-vous ici, dit Oz en lui désignant une chaise. Excusez-moi, il va falloir que je décroche votre tête pour y installer le cerveau que je vous destine.

— Ne vous gênez pas, répondit l'Épouvantail. Faites tout ce que vous voudrez de ma pauvre tête : elle ne s'en portera que mieux. »

Le Magicien décrocha donc la tête de son patient et la vida de sa paille. Puis il s'en alla dans la petite chambre attenante à la Salle du Trône et versa, dans une jatte, une mesure de son à laquelle il mélangea quantité d'épingles et d'aiguilles. Il remua soigneusement le tout, remplit la tête de l'Épouvantail avec cette mixture et compléta le rembourrage avec de la paille. Puis il revint et remit la tête en place.

« Voilà qui est fait, déclara-t-il à l'Épouvantail. Vous êtes désormais doté d'une grande intelligence céréale… ou cérébrale, c'est tout un. Votre esprit sera piquant et votre réflexion aiguë. »

L'Épouvantail était le plus fier et le plus heureux des hommes. Enfin son vœu se réalisait ! Il remercia Oz avec chaleur et s'en retourna voir ses amis.

Dorothée le regarda avec stupéfaction : le « cerveau » tout neuf faisait une énorme bosse sur le dessus de sa tête.

« Comment te sens-tu ? s'enquit-elle.

— Beaucoup plus intelligent, répondit l'Épouvantail avec sincérité. Une fois que je me serai habitué à mon cerveau, je deviendrai un grand savant.

— Mais pourquoi ta tête est-elle hérissée de piquants ? demanda l'Homme en Fer-blanc en remarquant les aiguilles qui dépassaient de la surface de son crâne.

— C'est la preuve que son intelligence est particulièrement aiguë, estima le Lion.

— Parfait. À mon tour d'aller voir Oz », déclara l'Homme en Fer-blanc.

Il s'en alla donc frapper à la porte de la Salle du Trône.

« Entrez ! dit Oz.

— Je suis venu chercher mon cœur, expliqua le bûcheron en pénétrant dans la salle.

— Votre cœur, certainement..., répondit le petit homme. Mais, si vous n'y voyez pas d'inconvénient, il me faudra pratiquer un trou dans votre poitrine pour mettre ce cœur à sa place.

— Je vous en prie. Je ne sentirai rien. »

Oz alla chercher une paire de cisailles et pratiqua une ouverture carrée dans la poitrine de l'Homme en Fer-blanc, du côté gauche. Ensuite, il ouvrit le tiroir d'une commode et en sortit un ravissant petit cœur en soie rempli de grenaille de fer qu'il montra à son patient.

« Voyez comme il est joli.

— Très joli, en effet, convint l'Homme en Fer-blanc avec un plaisir évident. Est-ce un cœur aimant, au moins ?

— On ne peut plus aimant », assura Oz.

Il déposa le petit cœur dans la poitrine de l'Homme en Fer-blanc et la referma en soudant proprement le morceau de fer-blanc qu'il avait découpé.

« Voilà, dit-il. Vous avez un cœur tel que beaucoup d'hommes pourraient vous l'envier. Je suis désolé d'avoir fait une soudure à votre poitrine, mais il n'y avait pas moyen de procéder autrement.

— Je me moque bien des soudures ! s'exclama le bûcheron tout heureux. Je vous serai

éternellement reconnaissant de tant de bonté.

— Ce n'est rien... », murmura Oz.

Sur ce, l'Homme en Fer-blanc s'en revint vers ses amis qui le félicitèrent et lui souhaitèrent tout le bonheur possible.

Ce fut au tour du Lion d'aller frapper à la porte du Magicien.

« Entrez ! dit Oz.

— Je suis venu faire le plein de courage, annonça le Lion en entrant.

— Mais certainement. Je vais vous en chercher. »

Le petit homme ouvrit une armoire et, en se haussant sur la pointe des pieds, prit une bouteille verte de forme carrée sur la plus haute étagère. Il versa le contenu de la bouteille dans une écuelle d'or vert admirablement sculptée qu'il présenta au Lion. Ce dernier renifla le breuvage avec méfiance, mais Oz lui dit :

« Buvez.

— Qu'est-ce que c'est ? demanda le Lion Poltron.

— Lorsque vous l'aurez bu, ce sera du courage. Le courage, comme vous le savez, est une chose tout intérieure. Je ne peux donc pas appeler cela "du courage" tant que cela ne sera pas à l'intérieur de vous. Et même, je vous conseille de le boire le plus vite possible. »

Sans hésiter, le Lion Poltron vida son écuelle.

« Comment vous sentez-vous ? demanda Oz.

— Plein de courage », répondit le Lion tout joyeux.

Et il s'en retourna auprès de ses amis pour leur conter sa bonne fortune.

Quant à Oz, demeuré seul, il souriait en repensant à ce qui venait de se passer.

« J'ai donné à ce Lion, à l'Épouvantail et à l'Homme en Fer-blanc ce dont ils croyaient avoir besoin, se dit-il. Je mérite sans doute le nom de charlatan, puisqu'ils viennent de me faire faire trois choses notoirement impossibles. Il ne m'a pas été difficile de contenter ces trois amis : ils faisaient aveuglément confiance à mes prétendus pouvoirs magiques. Mais pour ce qui est de renvoyer la petite Dorothée dans le Kansas, ce sera une autre affaire. Je n'ai pas la moindre idée de ce que je vais pouvoir inventer... »

17

La Montgolfière

Pendant les trois jours qui suivirent, Dorothée attendit en vain un signe du Magicien. Elle demeurait triste et inquiète au milieu de ses trois amis qui laissaient éclater leur joie.

L'Épouvantail clamait à qui voulait l'entendre que sa tête était pleine de pensées sublimes, mais il ne voulait pas les formuler car lui seul, pensait-il, était capable de les comprendre.

L'Homme en Fer-blanc, à chaque pas qu'il faisait, sentait son cœur s'agiter dans sa poitrine, et, comme il le confia à Dorothée, ce nouvel organe lui semblait bien plus tendre et plus aimant que celui qu'il possédait au temps où il était encore un homme en chair et en os.

Le Lion, enfin, déclara qu'il n'avait plus peur de rien, et qu'il serait bien content de s'attaquer à toute une armée, ou même à une douzaine de Kalidahs assoiffés de sang.

Ainsi donc, les trois quarts de notre petite bande se réjouissaient. Seule Dorothée, mélancolique et triste, désirait plus que jamais retourner dans le Kansas.

Au matin du quatrième jour, Oz l'envoya chercher, pour sa plus grande joie. Au moment où elle entra dans la Salle du Trône, il lui dit galamment :

« Asseyez-vous, ma chère. Je crois bien que j'ai trouvé le moyen de vous faire sortir de ce pays.

— Je vais donc rentrer au Kansas ? demanda-t-elle avec un sursaut d'espoir.

— Eh bien... Je ne peux pas vous l'assurer, car à vrai dire, je n'ai aucune idée de la direction à prendre. En revanche, je peux vous permettre de traverser le désert. Ensuite, il ne vous restera plus qu'à demander votre chemin pour rentrer chez vous.

— Et comment traverserai-je le désert ?

— Je vais vous expliquer mon plan. Vous

savez que, lorsque je suis arrivé dans ce pays, je voyageais en ballon. Vous-même, vous êtes arrivée par les airs, emportée par un cyclone. Je pense donc que le meilleur moyen de traverser le désert est un voyage aérien. Étant donné que je n'ai pas les moyens de provoquer un cyclone, je m'en vais vous fabriquer un ballon dirigeable.

— Comment allez-vous faire ?

— Pour ce qui est du ballon, rien de plus simple : il doit être en soie enduite de colle pour que l'hélium, ce gaz plus léger que l'air qui lui permet de voler, ne s'en échappe pas. Il y a bien assez de soie et de colle au Palais pour fabriquer un beau ballon. En revanche, je crains qu'on ne trouve pas d'hélium dans ce pays...

— Mais alors, si le ballon ne peut pas voler, il ne servira à rien, fit remarquer la petite fille.

— C'est juste. Cependant, il existe un autre moyen de faire flotter le ballon : il faut le remplir avec de l'air chaud, et on l'appelle alors une montgolfière. Le seul danger, c'est que l'air se refroidisse trop vite. Nous risquerions alors de tomber en plein désert.

— Nous ? Cela signifie-t-il que vous viendrez avec moi ?

— Hé oui. J'en ai assez de vivre comme un charlatan. Il m'est impossible de sortir de mon Palais sans prendre le risque d'être découvert. Imaginez la réaction de mon peuple s'il se rend compte que je l'ai trompé... Je suis donc forcé de passer mes journées enfermé, et je vous avoue que j'en suis las. Je préférerais mille fois rentrer au Kansas avec vous et reprendre mon travail dans n'importe quel cirque.

— Je serai bien contente de vous avoir avec moi, répondit Dorothée.

— Merci, mon petit. Alors mettons-nous au travail. Il nous faut coudre une grande quantité de soie pour fabriquer ce ballon. »

Et Dorothée, munie d'une aiguille et de fil, se mit à coudre les bandes de soie vertes qu'Oz découpait au fur et à mesure. Une bande de soie vert clair, puis une bande vert foncé, puis une bande vert émeraude : Oz avait fantaisie de confectionner un ballon en camaïeu.

Ils mirent trois jours à tout assembler, mais au bout du compte, ils se retrouvèrent avec un superbe ballon de six mètres de diamètre.

Alors Oz enduisit l'intérieur d'une couche de colle, pour le rendre étanche, et il annonça que le travail était fini.

«Maintenant, dit-il, il nous faut une nacelle.»

Il envoya le soldat aux moustaches vertes chercher un grand panier à linge et, avec des cordes solides, l'attacha à l'extrémité du ballon.

Lorsque tout fut prêt, Oz fit savoir à son peuple qu'il s'apprêtait à rendre visite à son grand frère Magicien qui vivait dans les nuages. La nouvelle se répandit comme une traînée de poudre et tous les habitants de la Cité d'Émeraude se pressèrent pour assister à cet événement.

Oz ordonna qu'on expose la montgolfière, sur le parvis de son Palais, aux regards curieux de son peuple. L'Homme en Fer-blanc avait abattu un gros tas de bois auquel il mit le feu, et Oz tint l'orifice du ballon au-dessus de ce feu de manière qu'il se remplisse d'air chaud.

Peu à peu, la soie s'enflait et le ballon s'élevait dans les airs. Enfin le ballon se dressa au-dessus de la nacelle, elle-même retenue au sol par des cordes.

Oz monta dans la nacelle et déclara d'une voix puissante :

« Citoyens et citoyennes, je m'en vais en visite. Pendant mon absence, qui sera peut-être longue, l'Épouvantail veillera sur vous. Je vous demande de lui obéir comme à moi-même. »

Rempli d'air chaud plus léger que l'air ambiant, le ballon tirait si fort vers le ciel que toutes les cordes le retenant au sol se tendaient dangereusement.

« Venez avec moi, Dorothée, s'écria le Magicien. Dépêchez-vous, sans quoi le ballon va décoller !

— Je ne peux pas, j'ai perdu Toto ! » répondit la petite fille.

En effet, Toto s'était rué dans la foule en aboyant derrière un petit chat. Dorothée finit par le retrouver et, le serrant dans ses bras, se mit à courir vers la montgolfière.

Elle n'était plus qu'à quelques mètres. Oz tendait déjà les bras pour l'aider à monter lorsque... Crac ! Les cordes cédèrent et la montgolfière s'envola sans elle.

« Revenez ! s'égosilla-t-elle. Je veux m'en aller avec vous.

— C'est impossible, ma chère, au revoir ! »

répondit Oz de sa nacelle, les mains en porte-voix.

Et tout le peuple de la Cité d'Émeraude s'écria en chœur : «Au revoir !», tout en suivant des yeux le ballon qui disparaissait petit à petit, toujours plus haut dans le ciel.

Et ce fut la dernière fois qu'on entendit parler de Oz, le Merveilleux Magicien. A-t-il réussi à rejoindre l'Omaha ? Nous n'en savons rien. Son peuple se souvint toujours de lui avec reconnaissance.

On disait : «Oz n'a fait que de bonnes choses. Lorsqu'il est arrivé, il a bâti pour nous la belle Cité d'Émeraude, et lorsqu'il est parti, il nous a laissé le Très-Sage Épouvantail pour veiller sur nous. »

Cependant, ces braves gens ne se consolèrent jamais tout à fait de la perte du Merveilleux Magicien, et ils le regrettèrent longtemps.

18

Cap au Sud!

Dorothée versa des larmes amères. Son dernier espoir de rentrer au Kansas s'était évanoui. Au fond, cependant, elle préférait ne pas avoir tenté ce périlleux voyage en montgolfière. Et pour comble, Oz lui manquait, ainsi qu'à ses compagnons.

«Je me sentirais le pire des ingrats, lui confia l'Homme en Fer-blanc, si je ne pleurais pas la perte de l'homme qui m'a donné mon beau cœur tout neuf. J'aimerais verser quelques larmes sur le départ de notre ami Oz, mais j'ai besoin de ton aide pour cela : essuie-moi le visage au fur et à mesure, pour m'éviter de rouiller.

— Mais bien sûr, avec plaisir», répondit Dorothée en allant chercher une serviette.

L'Homme en Fer-blanc pleura tout son soûl et elle sécha ses larmes l'une après l'autre du bout de la serviette. À la fin, il la remercia avec une certaine émotion et se huila des pieds à la tête avec sa nouvelle burette en argent, pour éviter toute mésaventure.

L'Épouvantail était devenu le maître de la Cité d'Émeraude, et bien qu'il ne fût pas magicien, son peuple était fier de lui.

«Rendez-vous compte! disaient-ils. Notre ville est la seule au monde qui soit gouvernée par un homme rembourré de paille.»

Et, si ignorants du reste du monde qu'ils fussent, ils disaient vrai.

Le lendemain du départ d'Oz, nos quatre amis se réunirent en Salle du Trône pour discuter des questions importantes. L'Épouvantail était assis sur le trône de marbre et les autres se tenaient en face de lui, pleins de respect.

«Nous ne nous en tirons pas si mal, déclara-t-il. Le Palais est à nous, à nous la Cité d'Émeraude, et nous pouvons agir à notre guise. Moi qui, il n'y a pas si longtemps, pendais à un pieu dans un champ de maïs, je suis très satisfait de mon sort.

— Moi aussi, je suis bien content d'avoir un cœur, intervint l'Homme en Fer-blanc. C'était la seule chose dont j'avais vraiment envie.

— Pour ma part, je suis satisfait de me savoir aussi courageux que toutes les autres bêtes de la création... Et même, peut-être, plus courageux, dit le Lion avec modestie.

— Si seulement Dorothée avait envie de passer le reste de ses jours à la Cité d'Émeraude, reprit l'Épouvantail, nous serions heureux!

— Mais moi, je ne veux pas vivre ici, protesta Dorothée en larmes. Je veux retrouver le Kansas, ma Tante Em et mon Oncle Henry.

— Alors, que faire?» conclut l'Homme en Fer-blanc.

L'Épouvantail se mit à réfléchir si fort que les épingles et les aiguilles lui sortirent de la tête. Il dit enfin:

«Pourquoi ne pas appeler les Singes Ailés? Ils pourraient transporter Dorothée au-delà du désert.

— Quelle bonne idée! s'exclama la petite

fille. Je n'y aurais pas pensé. Attendez-moi, je vais chercher la Toque d'Or. »

De retour en Salle du Trône, elle prononça les paroles magiques. Aussitôt, la bande de Singes Ailés entra par la fenêtre ouverte et se mit à ses ordres.

« Voici la deuxième fois que tu nous appelles, dit le Roi en esquissant une révérence. Que désires-tu ?

— Emportez-moi jusque dans le Kansas », répondit Dorothée.

Mais à ces mots, le Roi secoua la tête.

« C'est impossible. Nous ne pouvons quitter ce pays. On n'a jamais vu un Singe Ailé au Kansas, et on n'en verra d'ailleurs jamais, car là n'est pas leur place. Nous serons heureux de te servir de n'importe quelle autre manière, mais il nous est impossible de traverser le désert. Au revoir. »

Après une seconde révérence, le Roi des Singes Ailés déploya ses ailes et s'envola par la fenêtre, suivi de ses sujets. Dorothée en aurait pleuré de déception.

« J'ai gâché mon deuxième vœu en vain, gémit-elle. Les Singes Ailés ne peuvent rien pour moi.

— Quel dommage!» soupira l'Homme en Fer-blanc avec compassion.

L'Épouvantail réfléchit de plus belle. Son crâne se bombait violemment sous l'effort et Dorothée craignit un instant qu'il n'éclatât.

«Convoquons le soldat aux moustaches vertes, déclara-t-il enfin. Il faut lui demander son avis. »

Quelques instants plus tard, le soldat entra dans la Salle du Trône d'un pas timide: du temps où Oz régnait sur le pays, il n'aurait jamais osé s'aventurer jusque-là.

«Notre jeune amie désire traverser le désert, expliqua l'Épouvantail. Que lui conseilles-tu?

— Je n'en ai aucune idée. Personne ici n'a jamais traversé le désert, excepté Oz.

— Mais, intervint Dorothée, connaissez-vous quelqu'un qui pourrait m'aider?

— Essayez de demander à Glinda, suggéra le soldat.

— Glinda? s'enquit l'Épouvantail. Qui est-ce?

— La Sorcière du Sud. C'est la plus puissante de toutes; les habitants de son pays s'appellent les Quadlings. En outre, son château est bâti à la lisière du désert. Peut-être connaît-elle un moyen de le traverser...

— Cette Glinda, demanda la petite fille, c'est une bonne sorcière, n'est-ce pas ?

— Les Quadlings l'aiment beaucoup, elle n'a jamais fait de mal à personne. Il paraît qu'elle est très belle et que, malgré son âge avancé, elle a gardé l'apparence d'une jeune fille.

— Comment puis-je me rendre à son château ? interrogea Dorothée.

— Il y a une route qui vous conduira tout droit vers le Sud. Mais attention ! Le voyage est extrêmement dangereux. Il faut traverser un bois plein de bêtes sauvages et les terres d'une peuplade hostile aux étrangers. C'est la raison pour laquelle les Quadlings ne viennent jamais à la Cité d'Émeraude. »

Sur ces mots, le soldat se retira. L'Épouvantail avait pris sa décision.

« Malgré le danger, il me semble que la meilleure chose à faire pour Dorothée est de mettre résolument cap au Sud et d'aller demander son aide à Glinda. Si elle reste ici, elle ne retrouvera jamais son Kansas natal...

— Mazette, s'exclama l'Homme en Fer-blanc, voilà qui est mûrement réfléchi !

— C'est vrai, fit l'Épouvantail d'un air modeste.

— Moi, déclara le Lion, j'accompagne Dorothée. J'en ai assez de cette Cité, il me tarde de retrouver les bois et la campagne. Au fond, je suis une bête sauvage, moi aussi. Et puis Dorothée aura besoin de quelqu'un pour la protéger.

— Tu as raison, dit l'Homme en Fer-blanc. Ma hache pourrait lui être utile. Je vais venir avec vous.

— Quand partons-nous ? » demanda l'Épouvantail.

Tous le regardèrent avec surprise.

« Tu nous accompagnes donc ?

— Mais bien sûr ! Sans Dorothée, je serais demeuré à jamais un imbécile. C'est elle qui m'a détaché de mon pieu, sorti de mon champ de maïs et emmené voir Oz. Je lui dois tout, mes amis, et je ne l'abandonnerai pas tant qu'elle n'aura pas trouvé un moyen de rentrer pour de bon au Kansas.

— Merci à vous tous, dit Dorothée d'une voix émue. Vous êtes de vrais amis. Mais il faut nous mettre en route le plus tôt possible...

— Demain matin, décida l'Épouvantail. Et pour l'heure, allons nous préparer, car le voyage promet d'être long. »

19

Les Arbres-Gardiens

Le lendemain matin, Dorothée embrassa la jolie jeune fille verte et serra la main du soldat aux moustaches vertes qui l'avait accompagnée jusqu'aux portes de la ville. Le Gardien des Portes, en voyant revenir les compagnons, s'étonna de ce qu'ils voulussent quitter le séjour enchanteur de la Cité d'Émeraude pour courir au-devant de nouveaux ennuis. Mais il ne se fit pas prier pour leur ôter leurs lunettes et, après les avoir rangées dans la malle, leur prodigua tous ses vœux de bon voyage.

« Vous qui êtes notre nouveau chef, dit-il à l'Épouvantail, tâchez donc de ne pas nous laisser trop longtemps.

— Je ferai tout ce qui est en mon pouvoir pour cela, répondit-il, mais il m'importe avant tout que Dorothée rentre chez elle. »

Dorothée fit ses adieux au sympathique Gardien et lui dit :

« J'ai passé des moments merveilleux dans votre belle ville, et tout le monde s'est montré très bon envers moi. Je ne saurais vous exprimer ma reconnaissance.

— N'en faites rien, ma chère. Nous aurions aimé vous garder auprès de nous, mais puisque vous désirez rentrer dans le Kansas, je vous souhaite de tout mon cœur d'y parvenir. »

Et il ouvrit la porte vers l'extérieur. Les quatre amis quittèrent la Cité d'Émeraude et entamèrent leur voyage.

Le soleil brillait de tous ses feux sur la Route du Sud. Les voyageurs, d'excellente humeur, bavardaient et riaient en marchant. Dorothée avait retrouvé l'espoir de rentrer chez elle, l'Épouvantail et l'Homme en Fer-blanc se sentaient tout heureux de pouvoir l'aider. Quant au Lion, il respirait l'air frais avec délices, et, tout à la joie d'avoir retrouvé la campagne, agitait la queue de droite à gauche. Toto, enfin, courait en tous sens, chassait les mites et les papillons et ne cessait d'aboyer pour exprimer sa satisfaction.

« La vie à la ville ne me va pas du tout, fit remarquer le Lion. C'est que je maigrissais à force de rester enfermé ! Me voilà impatient de montrer aux autres animaux de la forêt comme je suis devenu courageux. »

Tous se retournèrent pour jeter un dernier coup d'œil à la Cité d'Émeraude. Derrière les murs verts s'élevaient des toits, des tours et des clochers, et, encore plus haut, les flèches et les dômes du Palais d'Oz.

« En fin de compte, c'était un bon magicien, murmura l'Homme en Fer-blanc qui sentait son cœur ballotter dans sa poitrine.

— C'est vrai. Il m'a donné une intelligence très remarquable, dit l'Épouvantail.

— Et s'il avait bu une dose de ce qu'il m'a fait boire, il serait devenu fort courageux ! » ajouta le Lion.

Seule Dorothée restait muette. Oz n'avait pas tenu sa promesse de la ramener au Kansas, mais il avait fait de son mieux, et elle lui pardonnait de bon cœur. S'il ne valait pas grand-chose comme magicien, ainsi qu'il l'avait dit lui-même, c'était néanmoins un brave homme.

Le premier jour de voyage, parmi les champs fleuris qui entouraient la Cité d'Émeraude de toutes parts, se déroula en toute quiétude. Nos amis dormirent à la belle étoile, allongés sur l'herbe tendre, et passèrent une excellente nuit.

Le lendemain matin, ils se trouvèrent devant une épaisse forêt, si vaste qu'il n'était pas possible de songer à la contourner. En outre, ils avaient bien trop peur de se perdre s'ils s'éloignaient de la Route du Sud. Ils cherchèrent donc l'accès le plus aisé pour pénétrer parmi les arbres.

L'Épouvantail, en tête du cortège, finit par découvrir un arbre immense dont les branches s'élevaient si haut qu'on pouvait passer dessous. Il s'avança donc, mais dès qu'il passa sous les premières branches, celles-ci s'abattirent sur lui et s'enroulèrent autour de son corps. Un instant plus tard, il était projeté en l'air et atterrissait auprès de ses amis dans un superbe vol plané.

Il n'y avait pas de mal, mais l'Épouvantail, tout étonné, se releva en chancelant un peu. Dorothée l'aida à se remettre sur ses pieds.

«Venez, cria le Lion, je vois une autre entrée.

— Attends, fit l'Épouvantail, je vais passer le premier. Si la même chose doit se produire, je n'en souffrirai pas. »

Tout en parlant, il s'était approché de l'arbre, mais aussitôt les branches s'inclinèrent, le saisirent et le jetèrent par terre.

«Comme c'est bizarre! s'exclama Dorothée. Qu'allons-nous faire?

— Ces arbres m'ont l'air bien agressifs, fit remarquer le Lion. Ils veulent nous empêcher d'entrer dans la forêt.

— C'est ce que nous allons voir...» grommela le bûcheron en saisissant sa hache.

Il se dirigea d'un pas martial vers le premier arbre. Une grande branche s'inclina pour le saisir, mais il leva sa hache et la coupa en deux. Aussitôt, l'arbre se mit à trembler, comme s'il souffrait, et l'Homme en Fer-blanc passa dessous sans le moindre problème.

«Venez! cria-t-il aux autres. Dépêchez-vous. »

Tous se mirent à courir et passèrent sous les branches. Le pauvre petit Toto, qui était arrivé le dernier, se retrouva prisonnier d'une petite branche qui le serra et le secoua jusqu'à ce qu'il se mette à gémir. Mais le bûcheron,

prompt comme l'éclair, trancha la branche et libéra le petit chien.

Les autres arbres de la forêt ne semblaient pas montrer les mêmes dispositions. Ils en conclurent que seule la première rangée était composée d'Arbres-Gardiens, pour défendre l'accès de la forêt contre les étrangers.

Après quelques heures de marche, les voyageurs eurent la surprise de découvrir devant eux un haut mur qui semblait fait de porcelaine blanche. La surface était lisse et polie comme celle d'une assiette, mais le mur s'élevait bien au-dessus de leurs têtes.

«Comment allons-nous passer? demanda Dorothée.

— Rien de plus simple, répondit l'Homme en Fer-blanc. Je vais fabriquer une échelle.»

20

Le Pays de Porcelaine

Pendant que l'Homme en Fer-blanc confectionnait une échelle pour passer par-dessus le mur, Dorothée s'endormit, fatiguée par le voyage. Le Lion vint s'étendre près d'elle, avec Toto couché contre son flanc, et tous dormirent un petit moment.

L'Épouvantail, qui ne dormait jamais, regardait son ami travailler.

« Je n'arrive pas à comprendre ce que ce mur vient faire en plein milieu de la forêt, dit-il. En quoi est-il fait ?

— Cesse de penser à ce mur et repose-toi un peu, ou tu vas faire éclater ton cerveau ! répliqua l'Homme en Fer-blanc. Lorsque nous aurons une échelle, nous saurons ce qu'il y a de l'autre côté. »

Une fois terminée, l'échelle avait une drôle d'allure, mais le bûcheron assura qu'elle était solide et parfaitement adaptée à leurs projets. L'Épouvantail réveilla les trois dormeurs et leur montra l'échelle appuyée contre le mur. Il monta le premier, mais avec une telle maladresse que Dorothée dut le suivre de près pour l'empêcher de tomber. Arrivé en haut, il jeta un coup d'œil par-dessus le mur et s'écria :

« Saperlipopette !

— Avance donc... » rétorqua Dorothée piquée par la curiosité.

L'Épouvantail s'assit sur le rebord du mur et la petite fille arriva à son tour en haut de l'échelle.

« Saperlipopette ! » s'exclama-t-elle en regardant de l'autre côté.

Toto arriva juste après et se mit à aboyer, mais elle le prit dans ses bras pour le faire taire.

Puis le Lion et l'Homme en Fer-blanc grimpèrent à l'échelle et, en arrivant en haut, chacun d'eux s'écria :

« Saperlipopette ! »

Perchés sur le mur, nos amis découvrirent le plus surprenant des tableaux.

La campagne qui s'étendait devant eux était blanche, brillante et lisse comme le fond d'une immense assiette. Çà et là s'élevaient des maisons de porcelaine, peintes de couleurs vives et gaies. Elles étaient toutes petites : les plus élevées atteignaient à peine un mètre de haut. On voyait également des granges entourées de charmantes barrières de porcelaine, et tout autour, se tenaient des vaches, des moutons, des chevaux et des poules en porcelaine.

Mais le plus étonnant était sans doute l'aspect des habitants de ce pays. Il y avait des fermières et des bergères au corsage chamarré et au jupon semé de motifs dorés ; des princesses vêtues de robes d'argent, d'or et de pourpre ; des bergers en culotte rayée de bleu, de jaune ou de rose, avec des chaussures à boucles d'or ; des princes à la tête couronnée d'or et de pierres précieuses qui portaient des manteaux d'hermine doublés de satin ; enfin de drôles de clowns en tunique plissée, le nez et les joues barbouillés de rouge, coiffés de chapeaux pointus. Chose étrange, ils étaient tous faits de porcelaine et hauts à peine de quarante centimètres.

Tout d'abord, personne ne prêta attention aux voyageurs, sauf un chien de porcelaine violette à la tête démesurée qui, s'approchant du mur, se mit à aboyer d'une toute petite voix et s'enfuit en courant.

« Comment allons-nous faire pour descendre ? » demanda Dorothée.

Ils essayèrent de tirer l'échelle jusqu'à eux, mais elle était trop lourde. Alors l'Épouvantail se laissa glisser sur le sol et les autres tombèrent sur lui l'un après l'autre.

La paille dont il était rembourré amortit leur chute. Bien entendu, ils prirent garde à ne pas lui marcher sur la tête pour ne pas se piquer aux épingles. Lorsqu'ils furent tous arrivés, ils ramassèrent leur ami un peu ratatiné et le tapotèrent pour qu'il retrouve sa forme initiale.

« Il faut bien traverser ce drôle de pays, fit remarquer la petite fille, sans quoi nous nous éloignerions de notre destination. »

Ils se mirent donc à marcher, avec toutes les précautions possibles, parmi les personnages en porcelaine.

Bientôt, ils croisèrent une petite fermière en

train de traire sa vache de porcelaine. En les voyant approcher, la vache fit un écart et renversa le tabouret, le seau et la pauvre petite fermière. Elle-même tomba sur le sol dans un grand bruit de porcelaine brisée.

Dorothée s'aperçut avec consternation que la vache s'était cassé une patte. Le seau à lait gisait en mille morceaux, la petite fermière avait le coude ébréché et l'air très en colère.

« Regardez ce que vous avez fait! s'écriat-elle d'une voix flûtée. Ma vache s'est cassé la patte, je vais encore être obligée de la porter à recoller. N'avez-vous rien de mieux à faire que de venir embêter les gens?

— Je suis vraiment désolée, balbutia Dorothée. Je vous demande pardon... »

Mais la petite fermière était trop fâchée pour répondre. Elle ramassa la patte cassée et entraîna sa vache claudicante, le bras serré contre sa poitrine, tout en jetant des regards furibonds à ces maladroits qui étaient venus la déranger.

Cet incident avait beaucoup troublé Dorothée.

« Nous devons redoubler de prudence, déclara l'Homme en Fer-blanc, pour éviter de semer la pagaille parmi ces braves gens. »

Un peu plus loin, ils rencontrèrent une jeune princesse admirablement vêtue, qui, en les voyant, sursauta et fit mine de s'enfuir.

Dorothée, émerveillée par sa beauté, voulut s'approcher, mais la princesse de porcelaine s'écria :

«Je vous en supplie, ne me pourchassez pas!»

Devant tant de terreur, Dorothée s'arrêta net.

«Pourquoi pas? demanda-t-elle.

— Parce que, si je cours, je risque de tomber, expliqua la princesse haletante. Je ne veux pas me casser en mille morceaux.

— On pourrait toujours vous recoller, répliqua la petite fille.

— Bien sûr, mais alors je serais moins jolie!

— Je comprends.

— Tenez, poursuivit la princesse en désignant un clown qui s'approchait d'eux, regardez monsieur Rigolo. Il essaie toujours de marcher sur la tête, et toujours il tombe. Il a été cassé et recollé des centaines de fois, mais voyez comme il est devenu laid!»

Dorothée observa monsieur Rigolo qui s'avançait vers elle d'un air rieur. Son costume rouge, jaune et vert était sillonné de craquelures qui témoignaient assez de ses mésaventures. Les mains dans les poches, le clown se planta devant elle, gonfla les joues et hocha la tête d'un air effronté, puis il déclama le poème suivant :

« Petite demoiselle,
Vous n'êtes pas bien belle
Quand vous me regardez
De cet air empesé !
Moi, monsieur Rigolo,
Je vous le dis bien haut,
Vous avez l'air d'avoir
Avalé un perchoir. »

« Voyons, monsieur Rigolo ! s'indigna la princesse. On ne s'adresse pas ainsi à des étrangers. Quel manque de respect !...

— Le respect, voici ce que j'en fais, répliqua le clown en se renversant sur la tête.

— Ne faites pas attention, murmura la princesse à l'oreille de Dorothée, ce pauvre monsieur Rigolo s'est tant de fois cassé la tête qu'il ne sait plus ce qu'il dit.

— Je ne me sens nullement offensée, répondit Dorothée. Mais dites-moi, je vous trouve si jolie que j'aimerais bien vous ramener au Kansas avec moi. Je prendrais bien soin de vous. Voulez-vous que je vous mette dans mon petit panier ? Vous ne risquez rien, et vous seriez vraiment ravissante, posée sur la cheminée de Tante Em.

— Oh non, ne m'emportez pas, je vous en prie ! protesta la princesse. Je suis heureuse ici. Je peux à loisir me promener et bavarder avec mes semblables. Mais si l'un de nous quitte ce pays, il se retrouve immédiatement paralysé et muet, tout juste bon à orner un dessus de cheminée. Certes, on nous utilise pour décorer les maisons, mais nous préférons de loin vivre ici, dans notre pays.

— Pour rien au monde, je ne voudrais vous rendre malheureuse ! s'exclama Dorothée. Il ne me reste donc qu'à vous dire adieu.

— Adieu », répondit la princesse.

Et les voyageurs reprirent leur route au Pays de Porcelaine. Les gens et les bêtes s'écartaient vivement sur leur passage, de peur d'être cassés en mille morceaux. Au bout d'une heure, ils atteignirent la limite de cette contrée et se trouvèrent devant un second mur de porcelaine.

Par chance, ce mur était beaucoup moins

haut que le précédent et ils purent le franchir en montant sur le dos du Lion. Lorsque tous furent passés, le Lion prit son élan et sauta de l'autre côté, mais dans le feu de l'action le bout de sa queue balaya un clocher de porcelaine qui se rompit sous le choc.

«Quel dommage, et que nous sommes maladroits! observa Dorothée. Mais enfin, il faut nous estimer heureux: tout le mal que nous avons fait à ces pauvres gens, c'est de casser la patte d'une vache et un clocher. Ils sont si fragiles que ç'aurait pu être bien pire.

— C'est tout à fait juste, répondit l'Épouvantail. Et d'ailleurs, je suis bien content, moi qui suis rempli de paille, d'être à l'épreuve des chocs. Je vois maintenant qu'il y a dans ce monde des gens moins bien lotis qu'un Épouvantail.»

21

Comment le Lion devint
Roi des Animaux

En descendant de l'autre côté du mur de porcelaine, les voyageurs se retrouvèrent dans un paysage peu accueillant où fondrières et marécages s'étalaient parmi les herbes hautes qui croissaient en désordre. On pouvait à peine marcher sans s'enfoncer dans ces trous boueux que la végétation épaisse dissimulait traîtreusement.

Cependant, en marchant avec toutes les précautions possibles, ils parvinrent à traverser cette étendue marécageuse. Le sol redevint sûr sous leurs pieds, mais la végétation était encore plus sauvage qu'auparavant : après une longue marche dans les broussailles, qui les épuisa, ils pénétrèrent dans une forêt aux arbres plus touffus et plus anciens que tous ceux qu'ils avaient vus jusque-là.

« Cette forêt est un délice, déclara le Lion en jetant autour de lui des regards enchantés. Je n'ai jamais rien vu de plus beau.

— Moi, je la trouve sinistre, observa l'Épouvantail.

— Tu n'y connais rien, lui répondit le Lion. Je pourrais passer le restant de mes jours ici. Ne sens-tu pas l'épaisseur des feuilles mortes sous tes pieds ? Et regarde cette herbe drue, cette mousse moelleuse au tronc des arbres ! On ne peut rêver plus agréable repaire pour une bête sauvage.

— Il doit y avoir des animaux par ici, fit remarquer Dorothée.

— Sans doute, mais je ne les vois pas », dit le Lion.

Ils marchèrent plus avant dans la forêt mais la nuit ne tarda pas à tomber. Dorothée, Toto et le Lion s'allongèrent sur les feuilles mortes et s'endormirent, pendant que l'Épouvantail et l'Homme en Fer-blanc veillaient sur eux, comme d'habitude.

Au matin, ils reprirent la route. Bientôt, un grondement lointain attira leur attention. Toto poussa un cri plaintif, mais à part lui, aucun des voyageurs ne s'inquiéta.

Sous leurs pieds, le sentier battu portait la trace d'un passage récent, et ce sentier les conduisit à une clairière dans laquelle se trouvaient assemblés des centaines d'animaux sauvages de toutes races.

Il y avait des tigres, des éléphants, des ours, des loups, des renards et toutes les autres espèces existantes. Un instant, Dorothée prit peur. Mais le Lion lui expliqua que ces bêtes tenaient un grand conseil sur un sujet très sérieux, à en juger par les grondements et les cris divers qu'elles poussaient.

Au son de sa voix, quelques-uns des animaux se retournèrent, puis tous, les uns après les autres, s'aperçurent de sa présence. Comme par magie, il se fit un grand rassemblement autour du Lion. Le plus âgé des tigres s'avança vers lui, s'inclina et dit :

«Bienvenue, ô Roi des Animaux! Tu arrives à temps pour combattre notre ennemi et ramener la paix aux hôtes de ces bois.

— Quelle est la cause de votre inquiétude? demanda le Lion d'un ton serein.

— Nous sommes menacés par un ennemi qui, depuis peu, sème la terreur parmi nous. C'est un monstre horrible, une araignée géante au corps plus gros que celui d'un éléphant, avec huit pattes longues comme des troncs d'arbres. Il avance dans la forêt en saisissant toutes les créatures vivantes sur son passage, et il les croque comme une araignée gobe une mouche. Nous sommes tous menacés. Tant que ce monstre sévira, nous n'aurons pas de repos. Nous avons donc décidé de réunir le conseil pour trouver un moyen de le vaincre, et c'est au milieu de ce conseil que tu es arrivé. »

Le Lion réfléchit quelques instants.

« Y a-t-il d'autres lions que moi dans cette forêt ? demanda-t-il.

— Non. Ils sont tous morts sous la dent de ce monstre affreux. D'ailleurs, aucun d'eux n'était aussi fort et aussi courageux que toi.

— Si je parviens à vaincre cet ennemi, vous engagez-vous à me considérer comme le Roi de cette forêt ?

— Avec joie », répondit le tigre.

Et d'une seule voix, les bêtes grondèrent en chœur :

« Avec joie !

« — Bien. Où puis-je trouver cette araignée ? demanda le Lion.

— Par là-bas, dans le bois de chênes, répondit le tigre en désignant la forêt proche.

— Prenez soin de mes amis, dit le Lion. Je m'en vais combattre le monstre. »

Il prit congé de ses compagnons et s'en alla vaillamment sus à l'ennemi.

Le Lion trouva l'araignée géante endormie. Elle était si affreuse qu'il fronça le nez de dégoût : des pattes immenses, comme le tigre l'avait dit, et le corps recouvert de poils noirs hirsutes. Sa bouche immense s'ornait d'une double rangée de dents pointues, longues comme le bras, mais sa tête n'était reliée au reste du corps que par un cou maigre comme la taille d'une guêpe.

Le Lion eut un éclair de génie. Comprenant qu'il avait l'avantage sur le monstre endormi, il prit son élan et lui sauta sur le dos. Puis, d'un seul coup de ses pattes puissantes et griffues, il le décapita.

Redescendu à terre, il attendit que les pattes de l'araignée aient cessé de s'agiter. La bête immonde était morte.

Notre héros retourna dans la clairière où les animaux l'attendaient et déclara fièrement :

« Vous n'avez plus rien à craindre de votre ennemi. »

Alors, d'un seul mouvement, les animaux de la forêt s'inclinèrent devant lui et le déclarèrent Roi. Il leur promit de revenir régner sur eux dès que Dorothée serait en route pour le Kansas.

22

La colline des Hommes-Marteaux

En arrivant au bout de la forêt, les quatre amis se trouvèrent devant une montée abrupte constituée de gros rochers entassés les uns sur les autres.

« L'escalade s'annonce difficile, dit l'Épouvantail, mais il faut bien s'y résoudre. »

Il ouvrit la marche et ses compagnons le suivirent. Mais à peine avaient-ils escaladé le premier roc qu'ils entendirent une voix furieuse leur crier :

« Arrière !

— Qui me parle ? » demanda l'Épouvantail.

Une tête apparut par-dessus la pierre, et déclara de la même voix furieuse :

« Cette colline nous appartient. Personne n'a le droit de l'escalader.

— Il le faut bien, pourtant, répliqua l'Épouvantail. Nous nous rendons au pays des Quadlings.

— Vous n'irez pas ! » décréta l'autre en sortant tout entier de derrière le rocher.

À sa vue, les voyageurs furent pétrifiés de surprise. Il était tout petit et trapu, avec une grosse tête plate sur le dessus, laquelle était reliée à son corps par un cou épais et bourrelé de rides. Mais il n'avait pas de bras ! Voyant cela, l'Épouvantail rit sous cape. Une créature aussi inoffensive ne risquait pas de lui barrer le passage. Il déclara donc :

« Je suis désolé de vous contredire, mais nous escaladerons votre monticule, que cela vous plaise ou non. »

Et il s'avança bravement.

Vif comme l'éclair, le petit bonhomme projeta sa tête en avant, de toute la force de son cou qui s'allongea comme le ressort d'un diable en boîte. L'Épouvantail reçut un coup en pleine poitrine et s'en alla rouler jusqu'au bas du monticule. Puis, presque aussi vite

238

qu'elle s'était déployée, la tête du bonhomme redescendit vers ses épaules, et il se mit à rire d'un air mauvais.

«Il ne sera pas si facile de passer outre l'interdiction des Hommes-Marteaux», grinça-t-il.

Comme un écho à ses propos, un chœur de rires narquois s'éleva des autres rocs, et Dorothée découvrit des centaines de petits bonshommes semblables, tous manchots avec des cous ridés et une tête plate. Chacun se tenait derrière son rocher.

Ce tumulte de rires saluant la mésaventure de l'Épouvantail rendit le Lion furieux. Il poussa un énorme rugissement qui résonna comme le tonnerre et s'élança à l'assaut de la colline.

Derechef, une tête surgit d'entre deux rochers et vint le heurter en pleine poitrine. Comme frappé par un boulet de canon, le Lion dégringola jusqu'au bas de la pente. Dorothée s'était précipitée pour aider l'Épouvantail à se relever. Le Lion revint vers elle, tout couvert d'égratignures, et dit :

«Cela ne sert à rien de se battre contre des gens qui vous jettent leur tête à la figure. Nous ne sommes pas de force.

— Que pouvons-nous faire, alors ? demanda-t-elle.

— Appeler les Singes Ailés, suggéra l'Homme en Fer-blanc. Tu as encore droit à un vœu.

— C'est une bonne idée », estima Dorothée en se coiffant de la Toque d'Or.

Elle prononça les paroles magiques et, rapides comme l'éclair, les Singes Ailés arrivèrent au grand complet.

« Quels sont les ordres ? s'enquit le Roi en s'inclinant.

— Transportez-nous au pays des Quadlings, répondit la petite fille.

— Tout de suite », assura le Roi.

Aussitôt, les Singes Ailés emportèrent les quatre amis et Toto dans leurs bras, et s'envolèrent à tire-d'aile.

En les voyant passer par-dessus leur territoire, les Hommes-Marteaux poussèrent des glapissements outragés et projetèrent leur tête en l'air, mais les Singes volaient trop haut pour qu'on pût les atteindre ainsi. Ils déposèrent Dorothée et ses amis en sécurité dans le beau pays des Quadlings.

« Tu as épuisé ton dernier vœu, dit le Roi

des Singes à Dorothée. Adieu donc, et bonne chance !

— Adieu, répondit Dorothée, et merci beaucoup à vous tous. »

Les Singes prirent leur envol et disparurent en un clin d'œil.

À l'évidence, le pays des Quadlings était riche et prospère. Des champs de blé aux épis mûrs s'étendaient à perte de vue, séparés par des routes bien pavées, et des ponts solides surmontaient les ruisseaux qui serpentaient dans l'herbe. Ces ponts, comme les maisons et les granges, étaient peints en rouge vif. Si le jaune était la couleur des Winkies et le bleu, celle des Munchkins, celle des Quadlings, à l'évidence, était le rouge.

Quant aux habitants de ce pays, ils étaient petits et grassouillets avec de bonnes joues et l'air épanoui. Ils portaient des vêtements rouges qui contrastaient joyeusement avec l'herbe verte et les champs de blé mûr.

Les Singes Ailés avaient déposé nos amis à proximité d'une ferme. Ceux-ci s'en allèrent frapper à la porte et furent reçus par une fermière au visage avenant, qui ne manqua pas de leur offrir un bon dîner : trois tartes aux légumes et à la viande, et pas moins de quatre gâteaux différents. Toto eut droit à un bol de lait.

« Sommes-nous loin du Château de Glinda ? voulut savoir la petite fille après dîner.

— Pas très loin, non, indiqua la fermière. Continuez sur la Route du Sud et vous ne manquerez pas de le trouver. »

Après avoir remercié cette brave femme, les voyageurs repartirent, tout ragaillardis par cette escale. Ils traversèrent les champs, les jolis ponts rouges, et découvrirent enfin un magnifique château qui se découpait à l'horizon. Devant les portes, trois jeunes filles montaient la garde, vêtues d'uniformes rouges à galons d'or. Dorothée s'avança vers elles.

« Que venez-vous chercher dans la Contrée du Sud ? interrogea l'une d'entre elles.

— Je viens voir la Bonne Sorcière qui règne sur les Quadlings, répondit la petite fille. Voulez-vous me conduire à elle ?

— Donnez-moi votre nom. Je vais demander à Glinda si elle accepte de vous recevoir. »

Les voyageurs déclinèrent leur identité et la jeune fille en uniforme s'en fut porter le message. Au bout de quelques minutes, elle revint leur annoncer qu'ils étaient autorisés à entrer.

23

Dorothée sauvée par Glinda

Avant de les introduire auprès de Glinda, la jeune fille en uniforme les conduisit dans une première salle où ils eurent tout loisir de se rendre plus présentables : Dorothée se débarbouilla et se donna un coup de peigne, le Lion épousseta sa crinière, l'Épouvantail rectifia son rembourrage de paille, l'Homme en Fer-blanc s'astiqua et se huila des pieds à la tête.

Puis, frais et dispos, ils suivirent leur guide jusqu'à une autre salle où Glinda les attendait, assise sur son trône de rubis.

Elle était aussi jeune et belle qu'on le leur avait dit. Ses cheveux d'un beau roux aux reflets presque rouges tombaient en boucles souples sur ses épaules, et elle était vêtue d'une robe blanche. Ses yeux bleus très purs au regard doux se posèrent sur la petite fille.

« Que puis-je faire pour toi, mon enfant ? » demanda-t-elle.

Dorothée lui raconta toute son histoire : le cyclone, l'atterrissage au Pays d'Oz, la rencontre avec ses compagnons et leurs aventures extraordinaires.

« Je n'ai plus qu'un désir, conclut-elle, c'est de rentrer au Kansas, car Tante Em doit me croire morte. Ma pauvre Tante voudra sûrement s'acheter des vêtements de deuil, et si la récolte est aussi maigre que l'an passé, mon Oncle Henry devra se ruiner pour les lui payer. »

Glinda se pencha, prit la petite fille dans ses bras et l'embrassa avec la plus grande tendresse.

« Tu as bon cœur, ma chérie, lui dit-elle. Je vais t'indiquer le moyen de rentrer chez toi... Mais pour cela, il faut que tu me donnes la Toque d'Or.

— Bien volontiers ! s'exclama Dorothée. Elle ne me sert plus à rien maintenant que j'ai épuisé mes trois vœux. Je vais vous la donner, et les Singes Ailés seront à vos ordres.

— C'est parfait, répondit Glinda en souriant. J'ai justement trois vœux à faire.»

Dorothée lui remit la Toque d'Or. Glinda s'adressa alors à l'Épouvantail:

«Que vas-tu faire après le départ de Dorothée?

— Je retournerai à la Cité d'Émeraude, dit-il. Oz m'a confié son peuple, ces braves gens m'attendent et je ne veux pas les décevoir. La seule chose qui m'inquiète, c'est l'idée de devoir franchir la colline des Hommes-Marteaux.

— Grâce à la Toque d'Or, j'ordonnerai aux Singes Ailés de te transporter aux portes de la Cité d'Émeraude, déclara Glinda. Il serait dommage de priver les citoyens d'un chef si extraordinaire.

— Vous trouvez vraiment que je suis extraordinaire? s'enquit l'Épouvantail.

— Tu n'es pas ordinaire, en tout cas», répondit Glinda d'un air malicieux.

Puis, se tournant vers l'Homme en Ferblanc, elle lui demanda:

«Et toi, que vas-tu devenir après le départ de notre amie?»

Le bûcheron prit appui sur sa hache pour réfléchir.

« Les Winkies ont été très gentils avec moi, dit-il enfin. Ils m'ont proposé de devenir leur chef après la mort de la Vilaine Sorcière. J'aime beaucoup ces petits Winkies. Si seulement je pouvais retourner chez eux, il me serait très agréable de gouverner la Contrée de l'Ouest.

— Eh bien, fit Glinda, mon deuxième vœu aux Singes Ailés sera pour toi. Je leur demanderai de t'emmener au pays des Winkies. Certes, tu ne possèdes pas le cerveau extraordinaire de l'Épouvantail, mais astiqué comme tu es, tu me sembles encore plus brillant que lui. Je suis certaine que tu sauras gouverner sagement ton peuple. »

Enfin la Sorcière considéra le grand Lion hirsute et lui demanda :

« Et toi, lorsque Dorothée sera au Kansas, que feras-tu ?

— Derrière la colline des Hommes-Marteaux, répondit-il, j'ai trouvé une grande forêt dont les animaux m'ont demandé de devenir leur roi. Si seulement je pouvais y retourner, je crois que j'aimerais y passer le restant de mes jours.

— Voilà mon troisième vœu, conclut Glinda. Je demanderai aux Singes Ailés de te ramener dans ta forêt. Après cela, ayant épuisé les pouvoirs de la Toque d'Or, je l'offrirai au Roi des Singes, de sorte que son peuple retrouvera enfin sa liberté, et ce pour toujours. »

L'Épouvantail, le Lion et l'Homme en Fer-blanc remercièrent chaudement la Sorcière du Sud pour sa bonté, et Dorothée s'exclama :

« Vous êtes aussi bonne que vous êtes belle ! Mais vous ne m'avez pas encore dit comment rentrer au Kansas...

— Les Souliers d'Argent ont le pouvoir de te faire franchir le désert, répondit Glinda. Si tu l'avais su plus tôt, tu aurais pu retourner chez ta Tante Em dès le jour de ton arrivée au Pays d'Oz.

— Mais moi, s'écria l'Épouvantail, je n'aurais jamais eu de cerveau ! J'aurais passé ma vie entière au milieu de ce champ de maïs.

— Et moi, ajouta l'Homme en Fer-blanc, j'aurais souffert dans cette maudite forêt jusqu'à la fin des temps, paralysé et tout couvert de rouille, sans jamais sentir un cœur battre dans ma poitrine.

— Moi, intervint le Lion, je serais demeuré

un poltron, et jamais je n'aurais pu régner sur les bêtes de la forêt, car elles auraient continué à s'enfuir au son de ma voix.

— Tout cela est vrai, approuva Dorothée. Je suis bien heureuse d'avoir pu vous servir, mes chers amis. Mais maintenant que chacun d'entre vous a réalisé son vœu le plus cher, et que vous avez chacun un royaume sur lequel régner, je crois qu'il est temps que je regagne le Kansas.

— Tes Souliers d'Argent, dit Glinda, ont des pouvoirs immenses. Le plus étonnant d'entre eux est qu'ils peuvent te transporter où tu le désires, et ce, en trois pas seulement, chaque pas durant le temps d'un clin d'œil. Pour ce faire, il te suffira de claquer des talons trois fois et d'ordonner à tes souliers de t'emmener où tu le désires.

— C'est merveilleux ! s'exclama la petite fille débordante de joie. Je vais donc leur ordonner de me ramener immédiatement au Kansas. »

Elle se jeta au cou du Lion et enfouit son visage dans l'épaisse fourrure de sa crinière tout en lui tapotant la tête avec tendresse.

Puis elle embrassa l'Homme en Fer-blanc qui pleurait à chaudes larmes, au risque de rouiller des pieds à la tête. Enfin elle serra dans ses bras le corps moelleux de l'Épouvantail et, au lieu de lui donner un baiser sur ses joues peintes, elle se mit à pleurer elle aussi à l'idée de quitter ses camarades qu'elle aimait tant.

La bonne Glinda se leva de son trône de rubis pour dire au revoir à la petite fille et lui donner un baiser. Dorothée la remercia de toute la bonté qu'elle lui avait témoignée ainsi qu'à ses compagnons.

Puis elle prit Toto dans ses bras d'un air solennel et, après un dernier adieu à ses amis, elle fit claquer trois fois ses talons en disant :

« Emportez-moi auprès de Tante Em ! »

Aussitôt, elle fut enlevée dans les airs à une telle allure que sa vue se brouilla et qu'elle n'entendit plus que le sifflement du vent à ses oreilles.

En trois pas, pas un de plus, les Souliers d'Argent la déposèrent sur la terre ferme. Elle fit plusieurs roulades sur le sol, tout étourdie. Reprenant conscience, elle ouvrit les yeux et s'assit pour regarder autour d'elle. Le spectacle

qu'elle découvrit lui arracha un cri de stupéfaction.

« Bonté divine ! »

Tout autour d'elle s'étendait la grande prairie du Kansas et, à quelques pas, il y avait une ferme toute neuve, celle que son oncle avait reconstruite après le passage du cyclone. Oncle Henry était en train de traire les vaches devant la grange, et Toto, qui s'était échappé des bras de sa maîtresse, se mit à courir vers lui avec des aboiements joyeux.

Lorsque Dorothée se leva, elle s'aperçut qu'elle n'avait plus que ses bas. Les Souliers d'Argent étaient tombés pendant le voyage et, désormais, ils gisaient pour toujours au fin fond du désert.

24

Le retour

Tante Em sortait justement de la maison, un arrosoir à la main, pour arroser ses choux. En levant les yeux, elle aperçut Dorothée qui courait vers elle.

«Ma chérie, ma petite fille!» s'écria-t-elle en la serrant dans ses bras.

Elle lui couvrit le visage de baisers et lui demanda:

«Mais où étais-tu? Je me suis fait tant de souci...

— J'étais au Pays d'Oz, répondit gravement Dorothée. Toto est rentré avec moi. Oh, Tante Em, comme je suis contente de te retrouver!»

Table

Composition réalisée par COMPOFAC - PARIS

IMPRIMÉ EN FRANCE PAR BRODARD ET TAUPIN
Usine de La Flèche, 72200.
Dépôt légal Imp : 3851 B-5 – Edit : 9989.
32-10-0887-02-3 – ISBN : 2-01-019879-4.
Loi n° 49-956 du 16 juillet 1949 sur les publications destinées à la jeunesse.
Dépôt : avril 1994.

P
--
383